어느 소설가의 택배일지

문 밖의 사람

정혁용
지음

마디북

그는 오래도록 문밖에서 서성이는 운명으로 태어난 듯했다. 그것은 어쩔 수 없었다. 하지만 어차피 지날 수 없는 문이라면 일부러 거기까지 가는 것은 모순이었다. 그는 뒤를 돌아보았다. 도저히 원래의 길로 다시 돌아갈 용기가 나지 않았다. 그는 앞을 바라보았다. 그곳에는 견고한 문이 언제까지고 가로막고 있었다. 그는 문을 지날 수 있는 사람이 아니었다. 그렇다고 문을 지나지 않아도 되는 사람도 아니었다. 요컨대 그는 문 앞에 우두커니 서서 날이 저물기를 기다려야 하는 불행한 사람이었다.

– 나쓰메 소세키의 『문』 중에서

목차

1부

살아내고 있나요? 살아가고 있나요? 013

그 나이에 맞는 지성을 갖지 못하면 017

하늘에서 진상들이 비처럼 내려 022

소인배의 길을 걷겠다 031

그놈의 피리 소리 037

죽지 않고 눈뜰 때 ①　택배기사의 하루 043

2부

남의 돈으로 예술하지 않습니다 053

정 서방, 잘 다녀와 061

뼈단지 풍경 066

평소와 다를 바는 없었다 084

제가 더 관심 없어요 088

죽지 않고 눈뜰 때 ② 김상용 씨의 이야기 099

3부

누군가 누군가에게는 109

라면 먹고 갈래요? 118

두려워서 그래요 133

브런치라고? 149

이거 휘발유 아니에요? 160

죽지 않고 눈뜰 때 ③ 안상길 씨의 이야기 167

4부

이 바닥에는 예술하는 인간들만 있어요 183

얼룩말 그 친구가 성질은 좀 더럽지만 197

안데스산맥 어디쯤 205

인생을 날로 먹고 싶어요 215

과거의 나는 가장 가까운 타인 223

열정이 있을 뿐이야 229

죽지 않고 눈뜰 때 ④ 김민호 씨의 이야기 239

에필로그 248

1부

살아내고 있나요?
살아가고 있나요?

택배는 거제도에서 처음 시작했다. 일요일이면 종일 타티아나 리즈코바의 기타 연주를 들었고. 매일 아침 여섯 시에 일어나 일곱 시부터 일을 시작하면, 새벽 두세 시에 들어왔다. 밤을 새우고 일한 후 바로 출근한 적도 많았다. 그렇게 1년을 살았다. 하루 쉬는 일요일도 전날의 물량이 남아 오전에 배송을 하고 집으로 들어오는 날이 흔했다. 매일매일이, 살아가는 게 아니라 살아내는 기분이었다.

'아, 오늘도 죽지 않고 어찌어찌 살아냈구나!' 하는 기분 말이다.

나는 돌아가고 싶은 시절이 없는 사람이다. 한 번도 내가 원했던 길을 가본 적이 없으니까. 명문대를 가고 싶었던 적도, 사람들이 꿈꾸는 직업을 가지고 싶었던 적도, 부유하게 살고 싶다고 생각한 적도 없다. 부모가 원하는 인생에 맞추기 위해 아등바등했을 뿐이다. 그래서 실패한 적도 없다. 실패는 내가 원하는 길에서 자신만의 성취를 못하는 거다. 남따라 사는 데서 오는 건 낙오나 좌절이지 실패는 아니다. 좌절이 많았던 젊은 날이었다.

여러 직업을 거쳐 좌절의 끝에서 어쩔 수 없이 만난 게 택배였다. 육체노동은 처음인데다 강도도 커서 매일 체력의 한계치를 넘나들었다. 하지만 정말 견딜 수 없었던 건 내시간이 전혀 없다는 거였다. 항상 밖에 있는데 하늘을 볼 시간도 바람을 느낄 시간도 없었다. 일을 마치고 집으로 돌아오면 쓰러져 자는 것이 급선무였다. 그것도 서너 시간 말이다.

그렇게 한 주를 보내면 한 줌 일요일 오후의 휴식이 찾아왔다. 이미 체력은 다 소진한 터라 아무것도 할 수가 없었다. 침대에 누워 소주를 옆에 놓고 하염없이 기타 연주만 들었다. 창으로 오후의 햇살이 들어오고 깊은 밤의 어둠이 풍경으로 걸릴 때까지 말이다. 간혹 눈물이 흘렀고 열린 창틈 사이로 바람이 불었다.

3개월 사이 몸무게가 25킬로그램 정도 빠졌다. 8개월을 더 거제도에 있었다. 벌써 7년쯤 전의 일이다. 서울에 와서도 한 5년은 그렇게 살았다. 어떻게 견뎠는지는 모르겠다. 아니다. 견딘 게 아니라 죽지 못해 산 것이겠지. 견디는 건 의지다. 의지를 가지고 버티지는 않았다. 죽음이라는 공포를 겨우 피해 다녔을 뿐이다.

　간혹 타티아나 리즈코바의 〈Incantation No. 2〉 기타 연주를 다시 듣는다. 유튜브니까 풍경도 나온다. 사실 연주보단 그 풍경을 더 사랑하는 것 같다. 봄날 오후의 나른함, 숲에서 들려오는 풀벌레 소리, 눈처럼 반짝이며 내리는 햇살, 멀리서 온 친구처럼 내 곁에 오는 바람. 거제도에 살 때 줄곧 그 음악을 들었던 건 그런 이유였던 것 같다. 이내 손 안에서 흘러내릴 걸 알지만 한 움큼 쥔 일요일 오후의 휴식이나마 온전하게 느낄 수 있게 해주어서 말이다.

　어떻게 그 시간들을 지나왔을까?

　나도 모르겠다. 다만 한 가지는 분명하다. 그 시간들이 나를 완전히 바꿔놓았다는 것 말이다. 삶은 대단치 않다는 것, 지금 말고 중요한 것은 아무것도 없다는 것, 그리고 무슨 일이 일어나든 인간은 견딜 수 있다는 것을 알게 해주었다. 적어도 마음은 그렇다.

이제 대개의 일은 잊어버렸지만, 그 오후의 햇살과 바람의 감촉만은 아직도 기억한다. 그것만큼은 추억이다. 아직, 내 손 안에 있는 것이다. 흘러내리지 않고 말이다.

그 나이에 맞는 지성을
갖지 못하면

보통 밤 열두 시쯤에는 아파트 화단의 경계석에 주저앉아 있었다. 택배 초창기로 아직도 남은 두 시간 분량의 짐을 바라보면서. 차를 버리고 도망가고 싶은 마음밖에 없었지만 그럴 수가 없었다. 관두는 순간 빚이 기하급수적으로 생기는 구조가 택배 계약이었으니까. 나는 단순히 기사가 아니라 지점 계약이었기 때문에 동료 두 명과 하루 물량 1,000개 정도를 배송했다.

의무 기간이 1년이었기 때문에 임의로 관두게 되면 회사에서 용차를 부른다. 일종의 용병으로 대리점을 운영할 다음 사람을 구할 때까지 쓰는 거다. 1개월이 될지 남은 1년

동안이 될지는 아무도 모른다. 하겠다는 사람이 나타나야 하니까. 보통 회사에서 주는 배송비가 개당 1,000원이라면 용차는 2,000원 정도다. 1,000원의 갭이 발생하는데, 이 비용은 그만둔 대리점주에게 물린다. 한 달이면 3,000만 원 정도다. 매달 이런 식으로 불어나가는 거다. 그러니 밤 열두 시에 울면서 담배를 피우곤 다시 어기적어기적 배송을 할 수밖에 없는 상황이었다. 도망가는 상상은 매 순간 하지만 절대 도망칠 수는 없다. 그런 밤들의 연속이었다. 하나를 배달하면 한 번 쉬어야 할 정도로 체력이 바닥난 상태라 발을 질질 끌면서 겨우 하나를 배달하면, 다시 울면서 담배를 피웠다.

하지만 그 덕에 생애 처음으로 한계치라는 것을 경험해볼 수 있었다. 일반인들이 육체적인 한계치를 경험할 일은 거의 없으니까. '이러다가 죽겠다.' 정도의 한계치를 넘어 '차라리 죽는 게 낫겠다.'라는 생각이 드는 한계치 말이다. 택배를 하다 보면 수없이 그 한계치를 경험하게 되는데, 당연한 얘기지만 누적된 피로는 그 한계치를 점점 더 끌어 내렸다.

한계치라고 하니 뭔가 대단히 높은 기준을 말하는 것 같지만 그렇지는 않다. 타인이 보면 '뭐 겨우 그걸 한계치라고?' 할 수도 있을 거다. 다만 개인의 한계치라는 것은 자신이 가지고 있는 체력을 넘어서는 것이다. 더 이상 체력이 안 되는데 계속해야 하는 상황이 한계치인 거다. 술 담배로 찌든 중년 남자에게 그 한계치는 말하기 부끄러울 만큼 아주 낮았다.

하지만 한계치는 어부나 광부, 혹은 권투선수든 택배기사든 거기에 도달하면 다 똑같다고 생각한다. 죽을 만큼 고통스러운 거다. 견딜 수 없이 괴롭고 힘들어서 도망가고 싶은데 도망갈 곳이 없는 거다. 그냥 계속해야 하는 거고. 그런 상황이 매일 계속되면 뭔가를 깨닫고 싶지 않아도 깨닫게 된다. 타인에게는 대단치 않은 것일 테지만 본인에게는 뼈에까지 새겨지는 뭔가를 느끼게 된다는 말이다. 알고 싶어서가 아니라 알게 되는데, 그렇지 않으면 그 생활을 견딜 수 없기 때문인 것도 같다. 딱히 경험하고 싶어 경험하는 건 아니지만 아무튼 그런 상황을 지나게 되면 뭔가 자신이 변해간다는 것을 느끼게 되는 거다. 그게 성장인지는 모르겠다. 단순히 변화였을 수도 있고. 아무튼 성장이든 변화든 인간은 머리로도 할 수 있지만 거기에 육체적 단련이 동반되면 시너지 효과가 크게 나타나는 것 같다. 삶을 바라보는 눈이 달라지게 된다. 물론 이건 결론적인 얘기고 그사이에 수많은 과정이 있었던 것 같다. 부정, 분노, 인정, 수용, 일상의 여러 과정 말이다.

부정, 분노의 단계는 거의 같이 왔다. 자기 비하, 자책, 현실 거부 등의 부정과 타인과 세상에 대한 분노의 감정만 있었다. 게다가 체력이 현저히 떨어진 상태가 지속되면 몸이 정신을 지배하게 된다. 피폐해지는 거다. '누가 날 건드리기만 해봐.'라는 상태로 사소한 것 하나까지 싸울 건수만 만들게 된다. 한 3년 참 많이도 싸웠다. 고객, 콜센터, 동료 기사, 회사 직원, 길거리 행인 등등. 멱살을 잡고 주먹질을 한 적도 꽤 된다.

쇼펜하우어는 "그 나이에 맞는 지성을 가지지 못하면 그 나이에 당할 수 있는 모든 모욕을 당할 수 있다."라고 했는데 내가 딱 그 짝이었다. 지성은 고사하고 인간에 대한 최소한의 예의도 없었던 거다. 게다가 오만방자했다. 대학원까지 나온 내가 왜 밑바닥 직업인 택배를 해야 하냐고 생각했으니까. 지식인도 아니면서 지식인의 속물근성만 가지고 있었고, 아닌 척하며 살아왔을 뿐 직업에 귀천을 두고 사람을 아래로 내려다보며 산 인간이었던 거다. 속물은 나쁘지 않다. 적어도 자신에게는 솔직한 거니까. 속물이면서 아니라고 거짓말하는 인간이 진짜 속물이다. 그리고 그게 나였다.

다만 그런 걸 깨달았다고 해서 인간은 바뀌지 않는다. 오랫동안 시간을 들여 습관으로 만들지 않으면 깨달음도 그저 생각에 지나지 않을 뿐이다. 내 경우는 습관도 시간도 없었다. 그럼에도 바뀐 건 '화(火)'라는 감정에 질려버렸기 때문이다. 무수히 많은 화를 내다보니, '아, 정말이지 더는 힘들어서 화를 못 내겠다.' 하고 포기해버렸기 때문이다.

도대체 무엇 때문에 그렇게 화가 났는지 궁금할 수도 있는데, 택배는 육체노동이지만 감정노동도 상당하기 때문이다. 매일 온갖 진상들을 만나기 때문에 그렇다. 전부 말하기에는 종류가 너무 많아 몇 가지 예만 들어 보겠다. 왜 그토록 화가 났는지, 왜 그토록 싸움을 했는지, 이해가 조금 될지도 모르겠다.

하늘에서 진상들이
비처럼 내려

대면해서 싸우는 경우는 별로 없다. 대개 전화 통화로 싸운다. 내가 보기에 대부분의 택배기사가 전화에 노이로제가 있는 것 같은데, 좀 과장해서 말하면 채권자에게 빚 독촉을 받는 기분과 비슷하다.

우선 가장 많이 듣는 말이 "아저씨, 집 앞에 없는데요."이다. 밑도 끝도 없이 그렇게 시작한다. 배송되었다는 문자를 보고 당연히 기사도 자기 번호를 알 거라고 생각하는 것 같은데, 대개 임시 번호를 쓰는 데다 실제 번호라 해도 배송 구역 주민들의 전화번호를 택배기사가 다 외울 리가 없다. 그럴 필요도 없고. 운이 좋아 실제 번호라면 택배 어플에 연동되어 주소가 뜨지만 짐이라도 들고 있으면 블루투스 이어 폰으로 통화 버튼을 누를 뿐이다.

아무튼 이런 전화는 일단 날이 서 있다. 문 앞에 됐다는 문자는 받았는데 택배가 없으니까. 지금이야 이해한다. 택배도 못 받고 '구매 대금만 날리는 거 아냐?' 싶을 테니까. 하지만 직접 대면하고 사인을 받거나 고객이 문 앞에 두라고 하지 않은 이상, 도난이나 분실, 오배송 등은 모두 택배기사의 책임이다. 물건값을 기사가 무는 거다. 다만 고객들은 잘 모르고, 일단 물건이 없다는 사실에 화가 나기 때문에 짜증부터 낸다. 때마침 엘베(엘리베이터)도 없는 7층에 생수 열 박스를 한여름에 옮기는 중이라면 기사도 전화를 받는 순간 짜증이 솟구치게 되어 있고 말이다.

"주소가 어떻게 되시는데요?"

억지로 감정을 누르고 물으면 대답이 가관이다.

"남현동이요."

다시 짜증이 솟구친다. '동 하나가 다 너희 집이냐? 재벌이냐?' 싶어서. 다시 누르며 묻는다.

"몇 번지 몇 호세요?"

말해주는 번지를 들으면 '응?' 싶다.

"그 주소는 제 배송 구역이 아닌데요? 송장 번호가 어떻게 되십니까?"

대답을 듣고 또 '응?' 한다. 주소가 다르기 때문이다. 송장의 주소를 말해주면 이런 대답이 나온다.

"제가 거기서 이사한 지가 언제인데요?"

되레 상대가 짜증을 낸다. '아니, 내가 국정원 직원도 아니고 널 감찰하고 다녀야 하나?' 싶어진다.

"송장에 있는 주소로 배송했네요."라고 하면, "왜 전화해서 주소 확인을 안 해요?"라며 더 뿔을 낸다. 당하는 입장에서는 황당하기 그지없다. 물건이 400개 정도에 한 집에 여러 개 들어가는 경우도 있으니 250개 정도 잡아도 그만큼 전화해야 한다. 배송 규정은 전화 확인이지만 현실적으로 불가능하다. 또 한다 한들 안 받는 경우도 부지기수다. 될 때까지 기다릴 수도 없으니 송장 주소만 확인하고 배송하는 거다. 하지만 상대가 계속 이런 식으로 나오면 당하는 사람도 가만 있기 힘들어진다.

"아니, 다 큰 성인이 당연히 자기 집 주소를 알고 주문한다고 생각하지, '이 사람은 자기 주소도 제대로 모르는 얼간이일 테니 꼭 전화로 확인하고 배송해야겠다.'라고 생각하란 말씀이신가요?"

맞다. 이런 식으로 시작해 이제 본격적인 말싸움이 일어난다. 서로 목소리가 높아지며 고성이 오가는 거다. 다만 욕은 하지 않는다. 회사에 벌금을 물기 때문이다. 그래도 비아냥거림에는 나름 일가견이 있어 상대의 화를 더 돋우는 데는 타의 추종을 불허한다. 전생에 토황소격문(討黃巢檄文)을 썼나 보다. 황소가 말에서 떨어질 정도는 아니지만 휘청거릴 정도는 하는 거다. 그렇게 10~20분 싸우다 보면 끝의 대사는 항상 같다.

"콜센터에 전화할 거야."

콜센터에 신문고 기능이 있어 억울함을 호소할 요량인지, 아니면 112 기능이 있어 경찰을 시켜 날 잡아가라 할 요량인지는 모르겠지만, 아무튼 그렇게 전화를 끊고 나면 기분이 말할 수 없이 황홀해진다. 가뜩이나 피곤에 지쳐 행복한 날인데 이제는 천국에서 화장실 청소하는 기분이 되는 거다. '아, 이렇게 멋진 인생이라니!' 같은 기분으로 종일 보내게 된다. 싸워서 배송 속도는 느려지고 결과적으로 퇴근 시간까지 늦어지는 건 덤이고 말이다.

진상 유형을 말하자면 끝도 없는데 에세이를 쓰자는 거지 독자분들께 문자로 행패 부리자는 게 아니니 하나만 더 쓰고 그만하겠다. 나중에 마음이 바뀌면 몇 개 더 쓸 수도 있겠지만 말이다. 아무튼 이 경우도 전화로 시작된다.

"아저씨 언제 와?"

당연히 주소 따위는 말하지 않는다. 앞의 과정을 겪고 대략 배송 예정 시간을 말해준다.

"그건 곤란한데. 내가 지금 바로 받아야 한단 말이야."

낮 열두 시에 어지간히 술에 취한 아저씨의 말투다. 반말에다 명령조지만 되도록 침착하게 이유를 설명해준다. 하지만 상대는 들을 생각이 없다.

"아니, 이 양반아. 내가 지금 친구들과 술 한잔하고 있단 말이야. 그런데 안주로 시킨 전복이 안 오네? 당신이 갖다줘야 술을 마실 거 아냐. 깡소주를 마시라는 거야 뭐야?"

이렇게 자상한 말씀을 들으면 없던 화도 안 생길 수가 없다.

"이 양반 저 양반 하시는 걸 보니 뼈대 깊은 양반 집안이신가 봅니다. 그런데 대체 주도는 어디서 배우신 거죠? 저잣거리의 백정 막둥이한테요? 그리고 깡소주가 아니고 강소주예요."

하지만 술 취하신 아저씨의 청력은 남다른 것이다.

"뭐? 백정막이? 그게 누군데?"

이쯤 되면 그냥 전화를 끊을 수밖에 없다. 계속 전화가 울리니 무음으로 바꾸고. 전화는 배송이 완료된 뒤에야 비로소 끝이 난다.

*

그렇게 무수한 화를 내다가 조금씩 끊게 된 계기는 횡단
보도에서였다. 내 차가 선을 조금 넘어 정지했는데 지나가
던 아저씨가 화를 냈다.

"야! 정지선을 이렇게 넘어서면 사람이 지나다니는 데
불편하잖아."

눈을 부라리며 소리를 지르는 모습을 보고 있자니 가족들
에게 꽤 해본 솜씨 같았다. 하지만 시간은 새벽 두 시. 이미
너무 지친 터라 대꾸할 기운도 없었다. 사실 상대가 하는 말
도 잘 이해가 안 됐고. 너무 피곤해서 뭐라 뭐라 떠드는 것
같은데 마치 세상의 소리가 사라진 것처럼 그저 멍하기만
할 뿐이었다. 화를 내던 남자는 한동안 나를 보더니, '이 자
식 눈을 보니 정신 나간 것 같은데……'라는 표정으로 자리
를 떴다. 의도한 바는 아니었지만 무반응의 결과를 보게 된
거다. 내가 반응하지 않으니 상대도 사라져버리는 것을 눈
으로 목도했고. 물론 당시에 그런 생각을 한 것은 아니고 추
후에 이 일을 계속 곱씹으면서 발견한 것이지만 말이다.

*

　화를 내지 않게 된 계기는 하나 더 있는데 아파트 배송을 하고 나올 때의 일이다. 엘베가 하나인 경우 문 사이에 택배를 놓고 잡아서 배송 수밖에 없는데 이 경우 1층으로 나올 때 욕을 먹는 일이 많다. 그날도 다르지 않았다. 삼십 대 초반의 남자가 술에 취한 채로 문이 열리자마자 말을 건넸다.

　"야! 이 개새끼야."

　'깜짝이야.' 싶었지만 멱살을 잡진 않았다. 평소라면 그랬겠지만. 얼핏 본 그 남자의 모습이 그날따라 안쓰러웠기 때문이었다. 왜인지는 모르겠다. 화를 내다 내다 지쳐서겠지. 평소 같으면, "야 이 자식아. 여기 주민보고 택배를 시키지 말라고 그래. 왜 날 붙잡고 지랄이야?"라고 했겠지만 그날은 대뜸 이렇게 말했다.

　"죄송합니다. 피곤하실 텐데 본의 아니게 민폐를 끼쳐드렸습니다."

　대답을 하면서도, '아니, 내가 이런 인간이 아닌데 미쳐가나?' 싶었다. 하지만 상대의 모습을 보고 있자니 전에는 느끼지 못했던 어떤 감정이 들었다. 낡고 더러운 작업복, 분명 조선소에서 야간작업까지 했을 모습을 보고 있자니 뭔가 애

틋했던 거다. '당신이나 나나 참, 먹고 산다고 고생이 많다.' 싶어서.

그때 비로소 인간에 대한 연민이 생겼다. '다들 힘들게 사는구나. 대학을 나왔건 아니건, 좋은 직장이건 아니건, 다들 참 그렇게 살아가는구나. 그런데 나는 선을 긋고 사람을 아래로 보고 살았구나. 내 얄팍한 지식과 학력으로. 내가 덜된 인간이었구나.' 뭐, 그런 생각이었다. 이 역시 시간이 지나면서 천천히 느끼게 된 것이지만 말이다. 이런 과정을 겪으면서 비로소 '화' 자체에 대해 생각하기 시작했다. '나는 왜 그토록 화를 내며 살았을까?' 하고.

*

첫째는 트라우마였을 거다. 사회생활 부적응, 좌절, 실패, 가족의 기대에 대한 배반, 무엇보다 내가 원하는 인생이 아니라는 사실에 대한 울분 등등 여러 가지가 있었을 거다. 둘째는 정당성이었을 거다. 이유 없이 화를 내면 미친놈이지만 불의, 불편, 부당에 항의하는 것은 화가 아니라 정의니까. 정의에 관심이 있어서가 아니라 정의를 핑계로 내가 내는 화를 정당화할 수 있었기 때문에 그토록 화를 내고 살았던 것 같다. 가슴에 쌓인 울분을 나름 합리화하면서 상대에게 전가할 수 있었으니까.

*

그런 생각에 다다랐을 때 비로소 느낀 거다. '아! 내가 소인배구나. 내가 나를 잘못 보고 있었구나.' 하고 말이다. 많은 책을 읽었지만 내가 완전히 잘못 읽었다는 것을 그제야 알게 된 거다.

.

소인배의
길을 걷겠다

일본의 프로레슬러 안토니오 이노키는 이런 말을 했다.

"끝까지 가보라. 가보면 알게 된다."

물론 이 뜻은 노력의 끝을 얘기하는 거다. 나처럼 화의 끝을 얘기하는 것은 아닐 거다. 하지만 가보니 그의 말을 조금 이해할 것도 같았다. 오독이었지만 내게 도움이 된다면 오독도 상관없는 것이다. 아무튼 끝은 끝이니까.

화의 끝에 가게 된 건 부실한 체력 때문이었다. 택배 이전에도 무수히 화를 내며 살았지만 멈추지 못했던 것은 몸이 받쳐줬기 때문이다. 택배는 그렇지 않았다. 산업혁명 시대의 노동자도 아니고 매일 18~20시간의 노동에 시달리니 몸이 견디질 못했다. 사람이 화를 내는 것도 체력이 있어야 되는데 지친 체력은 감정의 오물까지 감당할 수 없었다. 자존심이고 뭐고, '이러다 내가 나가떨어지겠다.'까지 가면 생존 외의 나머지는 아무래도 상관없는 일이 되어버린다. 본의 아니게 화를 놓게 되는 거다. 일단 살아야 하니까 말이다.

어떻게 보면 나에게는 행운이었다. 고약한 성질머리가 어지간해서는 고쳐지지 않았을 텐데 저질 체력의 아저씨라 몸과 마음이 금방 소진되어 버렸으니까. 화의 끝을 본 거다. 그리고 그 끝에서 본 건, 화를 내지 않는 게 남을 위해서가 아니라 나를 위해서란 사실이었다.

여느 사람들처럼 논어고 성경이고 불경이고 얼마쯤은 읽었을 거다. 기타, 도덕과 철학에 관한 책도 읽었겠지. 사회가 요구하는 기준도 있다. 특히 한국 사회는 유교의 영향이 커서 효, 예의, 도리, 뭐 이런 것들의 기준이 높다. 보통의 사람에게 되든 안 되든 은연중에 강요하는 사회이기도 하다. 특히 자의식이 비대한 사람은 스스로의 기준이 높다. 쓸데없이 양심의 가책을 더 받기 때문이다. 도저히 용서가 안 되는데 용서하려 애를 쓰고, 안 되면 자신을 책망하는 거다. 저지른 인간은 발을 뻗고 잘도 자는데 말이다. 매사가 그런 식이다. 기준이 성인은 아니더라도 군자 정도에 맞춰져 있다. 도덕적 우월감으로 상대보다 높은 존재가 되고 싶다는 욕망일 수도 있고, 비판 없이 습득한 지식에 자신을 맞추려는 것일 수도 있을 텐데, 무엇이 됐든 껍데기인 것은 분명하다. 자신이 어떤 인간인가, 자신의 역량은 어디까지인가에 대한 성찰이 빠져 있기 때문이다. 성찰은 머리로 출발해서 몸으로 경험해야 비로소 자신의 것이 되는데 나는 몸이 빠진 삶을 살아왔다는 것을 그제야 알았다. 몸이 빠지면 지식이 지혜가 될 수 없다. 지혜는 자신의 한계와 속도를 알고 자신에게 거짓말을 하지 않는 거다. 자신을 속이면 인간은 무리하게 되어 있다. 괴로움 속으로 스스로를 밀어 넣는 짓을 반복하게 되는 거다.

자크 라캉은 "인간은 타자의 욕망을 욕망한다."라고 했다. 물론 머리로야 대략적인 뜻은 이해된다. 하지만 화의 끝에 가보니, 내가 읽은 책들로 생각하는 것조차 결국 타자의 욕망이란 걸 알았다. 그게 공자건 예수건 부처건 철학자들의 말이건 간에 말이다.

예전에는 도덕이나 선, 혹은 진리가 인간으로서 마땅히 추구해야 하는 옳은 것이기 때문에 그리 살아야 하는 것인 줄 알았다. 하지만 화의 끝에 가서 내가 느낀 건, 그것이 자신에게 이롭기 때문이란 거였다. 물론 길을 지나가는데 누군가 나의 얼굴에 침을 뱉고 간다면 기분이 좋을 리가 없다. 다만 얼굴을 닦고 다시 가던 길을 갈 때, 일어난 화를 거기서 끝낼 때, 화를 내는 것보다 훨씬 편하다는 것을 그제야 느꼈다. 똥을 밟았다고 성질을 내며 다시 밟는 사람은 없다. 내가 했던 행위들은 그런 짓이었던 거고.

그렇게 조금씩 화를 놓게 되면서 어느 날 나를 짓누르던 무언가가 탁, 하고 끊어지는 것을 느꼈다. 도를 깨달았다는 얘기가 아니다. 비로소 시선의 방향을 바꿀 수 있었다는 거다. 세상이나 지식이 아니라 나라는 인간에게로 말이다. 타자의 욕망으로 자신을 보는 게 아니라, 나라는 인간이, 나라는 사람에게, 나라는 시선으로 보게 됐다는 말이다. 그제야 내 얼굴이 바로 보였다.

'너, 무척이나 무리하며 살았구나?' 하고 말이다.

도덕적인 역량도 안 되는데 도덕적인 척하고, 사회생활이 맞지 않는데 맞추려 애쓰고, 딱히 대단한 사고가 있는 것도 아닌데 그런 척하고, 애쓰고 용쓰며 진을 빼고 살았구나 싶었다. 비로소 안 것이다. '내 그릇은 소주잔이야.' 하고 말이다. 소인배가 군자의 길을 가려고 했으니 가랑이가 찢어져도 몇십만 번은 찢어졌을 거다. 삶이 힘들지 않으면 그게 이상한 거지.

이런 생각의 뒤에 비로소 나는 받아들였다. '내가 소인배구나. 그렇다면 나는 소인배의 길을 걷겠다. 거기서부터 출발하자. 방향은 알았으니 무리하지 말자. 천천히 한 걸음씩, 갈 수 있는 데까지만 가자. 무해한 인간만 되어도 이번 생은 성공이다.'라고 말이다.

화를 내지 않게 된 건 남이 아니라 내가 편하기 때문이라고 앞서 말했다. 몸이 알려준 거다. 기존의 지식에 의존한 것도 아니다. 내 삶에 맞게 내 방식대로 해석한 것이다. 그리고 무척이나 내게는 잘 맞았다. 하지만 딱 거기까지였다. 상대를 용서한다거나 이해한다거나 그런 거창한 짓은 하지 않는다. 내 역량으로는 되지도 않고.

다만, 거기까지면 됐다고 생각하는 거다. '여기까지가 내 능력의 한계다. 더 나아가는 건 남들이나 하라지 뭐.'라며 선을 긋는다. 선이고 진리고 뭐건 간에 내 역량을 넘는 짓은 하지 않으려고 한다. 나이 오십을 넘어 비로소 개인주의자로 출발하기 시작한 거다. 남들은 십 대나 이십 대에 이미 끝냈을 일을 말이다.

서머싯 몸의 『달과 6펜스』에는 이런 대사가 나온다.

"아무래도 이런 격언을 믿지 않으시는군요. '그대의 모든 행동이 보편적인 법칙에 맞을 수 있도록 행동하라'라는 격언 말입니다."

"들어본 적도 없거니와 돼먹지도 않은 소리요."

"칸트가 한 말인데요?"

"누가 말했든 헛소리는 헛소리요."

머리가 나쁘면 손발이 고생한다지만 과거는 지나간 일이니 어쩔 수 없다. 다만 남은 날이라도 조금 편해진다면 다행인 거다. 이제는 스트릭랜드의 태도가 이해된다. 칸트든 뭐든 내게 안 맞으면 버리면 된다. 소주잔에 맞는 내 방식을 찾은 거다.

그놈의
피리 소리

그해 겨울의 일이다. 지금도 그렇지만 그때도 택배를 하는 중이었고, 탑차에 짐을 싣다 잠시 휴식을 가지며 오전의 벤치에 앉아 담배를 피우고 있었다. 칼바람이 불고 있었지만 중독이란 게 그런 거다. 뇌의 화학작용에 끌려다니게 된다. 하지만 추위보다 더한 건 마음에 부는 바람이었다. 그 바람에 심장이 얼고 있었다. 꿈이 깨져 자신을 추스르지 못하고 있었으니까.

나는 2009년에 등단했다. 계간《미스터리》겨울호의 신인상을 받으면서부터다. 첫 책『침입자들』을 낸 건 2020년 3월이었다. 10년 넘게 책을 내지 못하고 있었다. 직업을 전전했고 제대로 된 수입도 없던 때였다. 가지고 있던 건 작가라는 허영심뿐이었고. 기껏 단편 하나를 써서 등단만 한 주제에 말이다. 하룻강아지 범 무서운 줄 몰랐던 거다.

성숙하지 못한 인간의 입장에서 보면 그럴 만도 했다. 문학을 전공하지도 않은 사람이 생애 처음 쓴 단편소설로 등단했고 다음 해, 역시 처음 쓴 장편소설로 문학상 최종심까지 갔으니까. '아무래도 난 도스토옙스키가 아닐까?' 하는 자만심이 하늘을 찔렀다. 심사위원들이 내 작품의 가치를 몰라봤을 뿐이라고. 그렇게 5~6년의 시간을 살았다. 그저, 작가입네, 하고 산 것이다. 현실은 책 한 권 내지 못한 듣보 잡임에도 불구하고 말이다.

하지만 시간이 지날수록 '작가'라고 타인에게 말해봐야 돌아오는 대답은 '뭘 쓰셨어요?'이니 어느 순간부터 작가라는 말은 하지 않게 됐다. 지금이야 '본인이 글을 쓰고 작가라고 생각한다면 작가지 뭐.'라고 생각하지만 그때는 남에게 나를 증명하려 애쓴 것까지는 아니지만, '쓸데없이 나를 증명하는 데 에너지를 쓰고 싶진 않다.'라는 생각이 강했다. 책을 내야만 했다.

다시 소설을 쓰기 시작한 건 택배를 시작하고 3년 뒤였다. 문학상에 또 응모한 건 마흔일곱이던 때였다. 역시 최종심에만 들었다. 이번에는 처음과 달리 꽤 절망했던 것 같다. '내 소설이 형편없는 게 아닐까?' 하는 자괴감에 오래 시달렸다. 덜 자란 어른이지만 그래도 어른이니 눈물은 흘리지 않았다. 다만 속으로는 늘 울고 있었다. 다행이라면 나는 쉽게 싫증을 내는 성격이라는 거다. 절망도 계속하고 있을 만큼 인내심이 강하지 못하다. 다시 마음을 추슬렀다.

'레이먼드 챈들러는 쉰한 살에 첫 장편을 냈지. 나도 아직 늦지 않았어.'라고 생각했다. 이때 보험 영업을 한 것이 도움이 됐다. 세일즈를 부끄러워하지 않았으니까. 국내 메이저 출판사 다섯 곳에 투고했다. 2019년 겨울의 일이다. 한 곳은 거절의 메일이 왔고 나머지 세 곳은 답도 없었다. 그렇게 12월 말까지 벤치에 앉아 담배만 피우고 있었다. '여기까지가 내 한계인가?' 싶었다. 하지만 좌절도 계속하고 있을 만큼 인내심이 강하지 못한 인간답게 얼마쯤 좌절을 흉내만 내다 마음을 고쳐먹었다. '아무도 알아주지 않는다면 나 혼자서라도 계속 쓰겠다. 혼자서라도 가자.'라고 말이다.

전화가 온 것은 다음 해 1월의 어느 날 오후 3시경이었다. 택배를 배송하던 중이었다.

"정혁용 선생님 되시나요?"

순간 출판사라는 걸 바로 알 수 있었다. 나는 지인도 친구도 대개 잃어버렸기 때문에 오는 전화는 "택배죠?" 말고는 없다. '선생님이라니?' 그런 전화가 올 곳은 한 곳밖에 없었다. 다산북스 출판사였고 편집팀장의 전화였다. 두 번의 미팅 후 계약서를 쓰고 그해 3월 첫 책을 출간했다.

책이 나왔을 때 한 선배가 이런 말을 해주었다.

"아무리 힘들어도 쓰는 일만큼은 포기하지 않고 노력했기 때문에 여기까지 온 것 같다. 축하한다."

그 말을 듣고 조금 의아했던 것 같다. '내가 노력했던가? 포기하지 않았던가? 딱히 그런 적은 없는 것 같은데……'라고 생각했으니까.

세계문학전집에 있던 「노인」이라는 단편을 읽은 적이 있다. 중3 때였는지 고1 때였는지는 정확하지 않다. 제목도 노인인지 피리인지 시인인지 아님 다른 것이었는지도 가물가물하다. 중국 배경이었던 것 같은데 그 역시 마찬가지다. 작가의 이름도 기억나지 않는다. 아무튼 한 청년이 노인의 피리 연주에 반해 산속으로 따라갔다가 몇 번이나 도망을 친다. 너무 고되고 지치고 지겨워서였겠지. 그렇게 도망칠 때마다 산에서는 피리 소리가 들려온다. 그럼 청년은 마치 무언가에 홀린 듯 다시 발걸음을 옮겨 노인에게 돌아가는 것이다.

처음 읽었을 때는, '아니, 도대체 뭔 얘기야?' 싶었다. 이해하기 어려운 나이이기도 했고. 살면서 간혹 떠올리게 된 건 소설을 쓰면서부터다.

노력에는 두 종류가 있다. 하기 싫지만 성공에 대한 욕구 때문에 참으며 하는 것, 포기하고 싶지만 좋아서 참는 것. 당연히 후자가 그나마 쉽다. 아니, 많이 쉽다. 힘든 건 같지만 후자는 괴로움이 아주 덜하니까. 보통 사람들이 좋아하는 일을 찾아 헤매는 건 그 때문인지도 모르겠다.

소설을 쓰면서 간혹 피리 소리를 들었다. 산에서 내려오는 길에 그놈의 피리 소리가 들리는 거다. 세 번이 아니라 수없이 들렸다. 그만큼 많이 내려왔다는 뜻이기도 하다. 앞으로도 수없이 내려갈 거라 생각한다. 아무튼 관두려 할 때마다 그놈의 피리 소리는 정말이지 어찌 그리 귓가에 똑똑히 들리는지 매번 홀려서 다시 돌아가기를 반복했을 뿐이다. 의지나 노력이라고는 1도 없었다고 생각한다. 어쩌다 보니 좋아하는 일을 발견한 운이 하나 있었을 뿐이다. 또 어쩌다 보니 버틴 것일 뿐이고. 다만 한 가지 분명한 사실은 그 피리 소리를 들을 수 있는 귀, 그것이 적성이지 않을까 싶다. 그래서 지인들이 "택배하면서 소설을 쓰다니 정말 대단하다."라고 얘기할 때마다 이렇게 대답했다.

"나는 그저 퇴근해서 사랑하는 연인을 만나러 간 것일 뿐이야."

아! 정말이지 말하는 것도 밥맛인 인간이다. 똥폼은 혼자 다 잡는 인간이고. 그래도 발톱의 때만큼 그런 마음이 있었던 것이 사실이기에 노력이니 어쩌니 과장된 말은 하고 싶지 않다. 하지만 이러한 생각도 두 번째 책,『파괴자들』을 내면서 아주 많이 바뀌게 된다. 하룻강아지가 범 무서운 줄 모르다가 불현듯 얼마나 무서운지를 깨닫게 되기 때문이다.

택배기사의 하루

택배기사의 일상부터 쓰겠다. 월요일부터 토요일까지 일하며 매일 같은 작업의 반복이다. 달라지는 것은 당일 물량의 차이밖에 없다.

택배 일은 크게 분류, 배송, 집화, 세 가지로 나뉜다. 우선 분류. 각 구에 위치한 본사의 물류 터미널로 허브에서 출발한 간선 차(대형 트레일러) 10~15대 정도가 물건을 싣고 오면(보통 5~8만 박스 내외이다), 속칭 '까데기'로 불리는 작업을 출발점으로 하루 일과가 시작된다. 간선 차가 터미널에 접안하면 인력 두 명이 차에 올라 물건을 꺼내서 레일 위로 올린다. 올려진 물건은 레일을 따라 각 구의 동으로 이동되고, 그 동의 담당 기사들에게 보내진다. 이것을 정식 명칭으로 분류 작업이라고 하는데, 일반적으로 여기까지를 까데기라고 칭한다.

레일은 자동 레일과 수동 레일이 있는데, 자동 레일은 말 그대로 기계로 계속 움직이는 것이고, 수동 레일은 사람이 일일이 물건을 손으로 밀어 움직이는 것을 말한다. 5~6년 전까지만 하더라도 수동 레일이 많아서 구에서 동으로, 동에서 담당 기사로 사람이 짐을 밀고 세부적으로 분류해야 했다. 이후 메인 구간이 자동화되기 시작했는데, 터미널 전 구역의 택배 물품이 레일 위를 흘러가면 담당 구역의 기사가 송장을 계속 지켜보다가 자기 물건을 레일 위에서 빼냈다. 여기서 안전사고가 자주 발생하는데, 레일에 손이 끼이는 일이 많아서다. 이 경우 손가락이 잘리거나 으스러진다.

이후 최신 시스템으로 휠 소터가 도입되었다(일부 택배사만이 그렇다. 인터뷰는 2021년도 C사의 택배기사들을 대상으로 했으므로 대개의 경우 C사로 한정되겠다). 택배 송장의 바코드를 기계가 인식해 동까지는 자동으로 분류된다. 그럼 각 동의 기사들이 자신의 구역별로 물건을 나누어 세분한다. 휠 소터가 도입되기 전에는 두세 사람이 30분이나 1시간씩 나눠서 분류 작업을 했지만, 지금은 한 사람이 30

분이나 1시간씩 전체가 교대로 나누어서 한다. 하지만 분류 작업 자체가 7~8시간 정도이기 때문에 노동의 양이 줄었을 뿐, 노동시간은 줄지 않았다. 이는 택배 파업의 가장 큰 원인이었다. 회사는 대리점과 계약을 할 때 그 단가를 이미 책정해서 반영했다는 입장이고, 택배기사들은 배송과 상관없는 일이므로 따로 보급대를 받아야 한다는 입장이다. 택배업 초창기에는 택배기사들이 분류 작업을 하지 않고 다른 인력이 도맡아 했는데, 어느 사이엔가 점진적으로 분류 작업이 택배기사의 일이 되어버렸다. 합의는 없었다.

택배기사의 출근 시간은 오전 일곱 시다. 하지만 전날 수거한 반품을 터미널에 올리고, 당일 수거할 반품 송장을 출력하고, 안내 문자를 보내고, 탑차의 짐칸을 청소하고, 기타 작업 준비를 하려면 적어도 30분 전에는 출근해야 한다. 여섯 시 반이라는 얘기다.

C사의 경우 한 동에 택배기사가 7~12명 정도 있기 때문에 분류작업은 순번을 정해 돌아가면서 한다. 30분씩 레일에 서는 경우도 있고 1시간씩 나누는 경우도 있다. 휴게 시간은 보통 열 시에서 열 시 삼십 분. 30분을 쉰다. 몇 년 전

에는 휴게 시간이 따로 없었다. 노동법이 강화되면서 의무적으로 쉰다. 이때 대개의 기사가 늦은 아침을 먹는다. 점심이나 저녁은 먹지 않는 경우가 많은데 분류와 배송 작업까지 일이 너무 많아 먹을 시간이 없어서다. 식사 시간만큼 퇴근 시간이 늦어지기 때문이기도 하고.

돌아가면서 분류 작업을 담당한다고 해서 즉, 교대했다고 해서 쭉 쉴 수 있는 건 아니다. 계속 자기 담당 구역의 물건이 쌓이기 때문에 수시로 짐을 정리해야 한다. 택배에 있어 짐 정리는 배송의 90퍼센트라고 해도 될 만큼 중요한데, 구역을 7, 8군데로 세분화해서 탑차 짐칸에 나눠 싣는다. 경사로를 오르내리면 짐이 무너져 섞이고, 섞이면 다시 짐을 짜야 하기 때문에(30분에서 길게는 1시간이 걸린다) 베테랑일수록 짐을 빈틈없이 짠다. 그사이 잠깐 휴식을 취하거나 늦은 아침밥을 먹고 온다. 어쩔 수 없는 브런치. 그렇게 일곱 시부터 시작된 분류 작업은 보통 오후 두세 시에 끝난다. 이제 배송이 시작되는 것이다. 보통 자기 배송지로 가는 데 평균 30분, 길게는 1시간이 걸리기도 한다.

C사의 경우 보통 택배기사 1인당 한 달에 7,000박스 정

도의 물건을 배송한다. 개당 단가는 735원 정도. 지점 수수료를 제외하고 부가세를 포함한 금액이다. 집화 비용 포함, 한 달 5~600만 원 사이다. 얼핏 보면 꽤 되는 것 같지만 분류와 배송 시간을 합쳐, 보통 아침 일곱 시에서 밤 아홉 시, 열한 시까지, 길게는 16시간 정도를 일하니 일반 직장인의 이틀 치를 하루에 하는 셈이다. 한국의 평균 월급이 300만 원 내외이니 절대 많다고 할 수 없는 급여다. 거기에 유류대, 전화비, 각종 부대비용, 부가세와 종소세를 제외하면 평균 400~450만 원 정도일 것이다. 언론에는 택배기사의 평균 연봉이 7,000~8,000이라고 나오지만 안으로 들어가보면 내용은 그렇지 않다. 다만, 투잡을 뛰기 힘든 대개의 직장인들에 비해 겉으로는 더 버는 것처럼 보일 뿐이다.

배송은 한 골목당 40~70개 정도로 시간당 타수(1시간에 배송하는 양을 업계 용어로 '타수'라고 한다)는 50~60개 정도가 평균이다. 단순히 계산하면 1분에 한 개꼴로 배송한다는 얘기다. 물량이 많은 화요일의 경우 400~450개 정도를 배송하는데, 시간당 60개씩 배송한다 해도 7~8시간 정도 걸린다. 오후 세 시에 시작했다면 밤 열 시, 열한 시에 끝이 나는 것이다. 점심이나 저녁을 먹지 못하는 이유가 여기에 있다.

배송이 끝나면 집화가 시작된다. 공장이나 상점, 개인사업자 들의 물건을 수거해 터미널에 올리는 것을 말하는데, 배송보다 집화가 더 많은 기사들도 있고 집화만 전문으로 하는 기사들도 있다. 이 기사들 중에 간혹 연봉으로 따지면 1억을 넘는 사람들이 있는데, 대량의 집화 물량을 확보한 경우로 극소수이다. 대개의 기사가 연봉 6,000~7,000을 벌려면 하루를 몽땅 갈아 넣어야 한다. 1~2년이라면 몰라도 5년, 10년을 그렇게 계속하는 것은 체력적으로 무리가 따른다. 때문에 어느 정도 저축이 된 사람들은 구역을 줄이고 덜 버는 삶을 택하기도 한다.

여기에 모든 기사가 의무적으로 해야 하는 반품 수거와 편의점 집화가 있다. 반품은 하루에 평균 10개 정도다. 당일 수거가 원칙인데, 연락을 받고도 반품 물건을 놓아두지 않는 경우가 많아 두세 번 방문해야 하는 일이 종종 있다. C사의 경우 계약을 맺은 편의점이 세 회사인데 자기 구역에 있는 편의점의 택배를 다 회수해야 한다. 오후 다섯 시까지 접수된 물건을 대상으로 하기 때문에 설령 오후 다섯 시 전에 일이 끝났다고 해도 퇴근을 할 수가 없다. 물량이 적은 월요일은 보통 오후 한두 시에 배송을 마치지만 구역에서 기다렸다가 다섯 시 이후에나 일과를 마무리할 수 있다는 얘기다. 게다가 수거한 물건을 다시 터미널에 올려야 하기 때문에 퇴근 시간의 교통 정체까지 고려하면 빨라도 저녁 일고여덟 시나 되어야 집으로 갈 수 있다. 한마디로 택배기사에게 야근은 선택 사항이 아니다.

이상, 택배기사의 하루 일과였고 다음 챕터부터는 인터뷰 내용이다. 질문은 생략했다. 인터뷰이의 대답 속에서 충분히 유추할 수 있을 터이고 지면을 대답에 더 활용하고 싶어서다. 인터뷰는 며칠을 두고 기사분들이 쉬는 시간, 사이사이 진행되었다. 당사자들의 요청에 따라 모두 가명을 썼으나 내용은 가감이 없다는 것을 밝혀둔다. 인터뷰 진행자보다 나이가 많은 사람은 반말을 했는데, 사실감을 전달하기 위해 존댓말로 고치지 않았다. 더불어 인터뷰어의 사견은 일절 쓰지 않았다. 택배기사의 과로사가 공론화되었던 때에, 그 원인을 알기 위해 쓴 글이지만 판단은 독자의 몫이라고 생각한다.

※ 이 글은 2021년 계간 《에픽》#05에 수록되었던 논픽션을 수정 보완한 것이다.

2부

남의 돈으로
예술하지 않습니다

2019년, 세계문학상 응모에 최종심만 들자 많이 좌절했다. 등단하고 10년 동안 성취한 것이 없었는데, 마지막 희망을 걸었던 문학상에도 떨어졌으니 말이다. 처음 등단했을 때, 한창훈 작가의 강연을 동영상으로 본 적이 있다. 이런 얘기를 했다.

"등단을 하면 가족들이 좋아합니다. 본인에게도 작가의 길이 탄탄대로로 뻗어 있을 것 같고요. 그런데 그거 한 달도 못갑니다. 가족들은 다시 백수라는 눈길로 나를 보고 출판사와 잡지사는 거들떠보지도 않습니다. 검증된 작가만도 널렸으니까요. 남는 건 언제 출간될지도 모를, 어쩌면 출간되지도 않을 소설을 하염없이 써야 하는 상황뿐입니다."

처음에는 '에이, 설마?' 싶었지만 정말이지 한 달도 되지 않아 그 말이 맞다는 것을 깨달았다. 당선됐다고 가족과 친구들에게 전화하고, '드디어 나도 소설가다.' 싶어 기쁨에 들뜨지만 작가마다 시간 차이만 있을 뿐, 나를 둘러싼 세상은 아무것도 변한 게 없고 변하지 않는다는 사실을 체감하게 된다고 생각한다. 하염없이 쓰는 시간만이 있을 뿐이다. 나의 이십 대의 어느 날 천사가 내 어깨 위로 내려와,

"혁용아, 너는 앞으로 소설가가 될 건데, 등단은 서른아홉에 하고, 첫 책은 마흔여덟에, 두 번째 책은 마흔아홉에 낼 거야. 하지만 인세로 먹고 살지는 못할 테니 투잡을 뛰어야 해. 물론 그 이전에도 직업은 가질 건데 하는 일마다 실패라서 되는 일이라곤 1도 없을 거야. 그러니 너무 걱정은 말아."라고 미리 알려줬더라면 "그 입 닥치시오."라고 대답한 후 작가가 되겠다는 꿈을 진즉에 버렸을 거다. 하지만 그런 미래를 전혀 몰랐기 때문에 그 시간들을 작가라는 꿈을 가지고 버텼다고 생각한다.

나는 택배 이전의 시간은 별로 기억하지 않는데, 직업을 전전하기도 했지만 정신적으로 택배보다 훨씬 더 힘들었기 때문에 가능하다면 아예 지워버리고 싶어서다. 건설회사 직

원, 건설업체 사장, 보험설계사, 술집 주인, 막노동 같은 여러 직업을 전전하면서 이전투구, 접대의 괴로움, 부도, 카드빚 독촉, 수억의 빚보증, 모멸, 인간관계의 파탄, 빈곤, 생계의 공포 등 그 직업군이 갖는 대개의 일을 겪었다. 내게는 무척이나 힘들고 맞지 않는 일이었다. 세세하게 말하자면 할 수도 있겠지만 그게 무슨 의미가 있겠는가? 대개의 직장인과 노동자가 겪는 다들 아는 이야기일 텐데 말이다.

다만, 사무실에 앉아 있으면 몸은 편했지만 마음은 항상 발밑에 뱀이 돌아다니고 있는 기분이었다는 말로 대신할 수는 있겠다. 그만큼 내게는 사회생활이라는 것이 맞지 않았다. 거의 20년의 세월을 그렇게 보냈다. 도대체 어떻게 그 터널을 지나왔는지는 나조차도 알 수가 없다. 어쩌면 술이 있어서였는지도 모르겠다. 술은 싸구려 마약이니까. 마시고 정신을 놓고 그렇게 겨우겨우 버티며 살아 온 것 같다. 지금이야 술이 좋아서 마시지만 그때는 마시지 않으면 살 수 없어서 마신 것 같다.

아무튼 그런 일들을 겪은 후, 어쩌다 택배를 만났다. 또 몇 년을 죽지 못해 하면서 겨우 택배에도 익숙해진 어느 날, 출판사에서 연락이 왔다. 출간 관련 협의를 하고 싶다고. 맞다. 앞서 말한 것처럼 2020년 1월의 어느 날이었다.

작가들이 출판사에 투고할 때는, 정해진 것은 아니지만 어느 정도의 형식이 있다. 작품 소개와 시놉시스를 첨부하는 것 말이다. 일반 비즈니스와 별로 다를 바가 없다. 하지만 나는 작품소개도 시놉도 쓰기 싫었고, 어쩐 일인지 그런 종류의 글은 잘 쓰지 못한다. '소설이면 됐지 뭘 또 귀찮게 내 소설을 설명하는 글을 써야 한단 말인가?' 하는 귀차니즘도 있었다. 그래서 메일을 보내면서 두 문장만 썼다.

'첫 줄, 첫 장을 읽고 재미없으면 휴지통에 버리셔도 됩니다. 출간 관련이 아니면 회신은 주지 않으셔도 되고요.'라고.

담당자들이 메일을 읽고는, '아니, 뭐 이따위 자식이 다 있지?' 싶었을 거다. 하지만 다행히 연락을 준 편집자는 오히려 도발적인 문장이라 호기심이 일었다고 했다. 바로 읽기 시작해서 당일 끝까지 읽었다고 나중에 말해주었다. 운이 좋았던 거다. 그렇게 해서 1월의 어느 월요일 오후, 커피숍에서 1차 미팅을 가졌다. 출판사가 있는 파주로 갈 수도 있었고, 또 아무래도 을의 위치이니 가야 했겠지만, 집 밖으로 나가는 것을 귀찮아하는 데다, 택시로 10분 이상의 거리는 피치 못할 일 아니면 나가지 않는 사람이라, 택배기사라는 핑계를 대고 집 근처 커피숍에서 만났다. 음, 이런 성격으로 출간을 하게 된 게 용하다면 용하다.

지금이야 왜 출간 전에 만나자고 했는지 알지만 사실 그때는 전혀 몰랐다. '이 작가가 같이 일할 수 있을 만큼 성격이 괜찮은가?' 간을 떠보기 위함이었다. 잘 팔리는 작가라면 성질이 뭐가 됐든 맞춰주겠지만 듣보잡에 신인이라면 굳이 그런 모험을 할 이유가 없으니 말이다. 아직도 기억나는 건 편집자의 이 한마디다. "혹시 작가님, 편집자가 고치자고 하는 부분이 있으면 고치실 수 있으세요?"라는 질문이었다. 그때 나는 이렇게 대답했다.

"전 남의 돈으로 예술하지 않습니다. 일기라면 안 고치겠지만요."

아무튼 말을 해도 참, 정떨어지게 하는 인간이다. 아내의 말을 빌리자면 말 한마디로 천 냥 빚을 지는 인간인 것이다. 정확한 분석이다. 다행히 내 성질머리를 내가 알고, 마침 결혼을 해서 아내가 있는 상황이라 같이 나갔다. 내 말을 통역해주기 위해서였다.

"소설은 혼자 쓰는 것이지만 출간은 비즈니스이니 거기에 맞추도록 최선을 다하겠다는 뜻이에요."

아내가 찬찬히 내 말의 의도를 번역해줬다. 한국말을 한국말로 통역해야 하는 아내의 입장도 참 난감했을 것이다. 2시간 정도 얘기를 나눴는데 아내가 내 말의 2/3 정도를 다시 순화시켰으니 나도 참 징한 인간이지만, 그걸 번역해준 아내도 대단했고, 역시 그걸 듣고 있던 편집팀장도 대단했다는 생각이 든다. 아무튼 그로부터 두 달 뒤, 내부 회의를 거쳐 첫 책 『침입자들』을 2020년 3월에 출간하게 됐는데 아마 아내가 없었다면 면담만으로 끝나지 않았을까 싶다.

면담을 하고 나서 굉장히 초조했던 기억이 있다. 회사에 기안을 올리고, 회의를 하고, 승인을 받기까지 한 달 정도 걸린다기에, '음, 거절당하는 것 아냐?' 싶었다. 한 달 후 연락이 올 때까지 상당히 긴장했다. 성공의 경험이 있어야 뭘 느긋하게 기다려 볼 텐데 대개 되는 일이 없었으니 습관처럼 걱정만 줄곧 하고 있었던 거다. 불안이 내 기본값이다. 안달복달하는 나를 다독인 건 아내였다.

"잘 되겠지. 작품이 괜찮았으니 직접 작가도 보러왔을 테고. 혹여 안 되면 다른 출판사를 또 두드려보면 되지. 신경 쓰지 말고 다음 소설이나 계속 써."

그 말에 나는 아내의 얼굴을 물끄러미 바라보기만 했다. '그럼 네가 대신 써주던가.'라는 말은 하지 않았다.

회의 통과 후 대표의 결재가 떨어지고 계약서에 사인을 한 후에야 마음을 놓았다. 아내는 장모님에게 전화를 걸어 첫 출간 소식을 전했고, 장모님은 책을 좋아하고 작가들에 대한 동경이 있는 분이라 사위가 첫 책을 낸다니 정말 좋아했다. 그때부터 책이 나올 때까지는 즐거웠다. 물량이 많아 밤 열두 시 전후로 배송을 하고 있었지만 힘들다는 생각은 들지 않았다. 첫 책이 나온다는 기쁨 때문이었을 거다. 생애 처음, 내가 원했던 꿈이 이루어지기도 했고. 그것은 정말이지 멋진 일이었다. 살면서 가장 행복했던 순간이 아니었나 싶다. 교정 교열한 원고를 검토하고, 표지 디자인을 협의하고, 심지어 프로필 사진도 사진작가의 스튜디오에 가서 찍으니 뭔가 대단한 작가라도 된 기분이었다.

첫 책이 나왔을 때, 20부를 받았다. 출판사에서 작가에게 주는 양인데 지인에게 주든 가지고 있든 작가가 알아서 하는 부수다. 작가라고 해도 출판사에서 공짜로 받는 건 그게 다다. 책을 받은 후, 회사 근처의 버거킹에 앉아 아내와 둘이서 햄버거를 먹었다. 오후에 배송을 해야 해서 간단한 메뉴를 골랐다. 일을 마친 후 집으로 돌아와 아내의 지인들과 내 지인 몇 명에게 보낼 책에 사인을 했다. 등단과는 비교할 수 없을 정도로 기분이 들떴다. 아무튼 첫 장편소설이었으니까. 20권이 모자라 다시 10권을 자비로 더 구입했다. 택배기사이니 발송은 내가 했다. 매일이 살 만했다. 삿된 꿈도 실컷 꾸면서 말이다. 그럴 가능성은 별로 없겠지만 내 책이 베스트셀러가 돼서 방송도 나가고 어디 가서 작가입네, 하는 아무튼 이런저런 허황된 꿈 말이다.

해리슨 포드는 《스타워즈》를 찍을 당시 '아니, 뭐 이따위 영화가?' 싶었다고 한다. 그럴 수밖에 없는 것이 다 큰 어른이 광선검, 광선총이랍시고 장난감을 들고 찍었으니까. 기대가 있었을 리 없다. 하지만 시사회 때 첫 오프닝을 보는 순간 생각했다고 한다.

'내일부터 더 이상 목수 일을 나가지 않아도 되겠군.'

배우로는 벌이가 안 돼 목수 일도 하고 있었기 때문이다. 첫 책을 냈을 때 나 역시 그런 기분이었다. 하지만 기분대로 되지 않는 것이 인생이다. 여전히 택배를 해야 한다는 사실은 석 달이 지나기도 전에 깨달았다.

그리고 얼마 후, 장모님이 돌아가셨다.

정 서방,
잘 다녀와

아내의 말을 들어보면 장모님의 인생은 파란만장했다는 말이 딱 맞다. 전라도의 대지주 집에서 태어나 '아니, 사람이 이렇게 부유하고 행복하게만 살 수 있는 거야?' 싶을 정도의 인생을 사셨다. 오십 대 초반까지는 그러셨던 것 같다. 어린 시절 아내의 옷값이 당시 우리 집 생활비보다 많았으니 대충 어떻게 사셨는지 짐작이 간다. 사업이 망하면서 오십부터는 포장마차, 음식점 종업원, 룸살롱의 주방 이모까지 닥치는 대로 일하시며 외동딸을 키웠다.

간혹 아내가 장모님과 살던 때의 얘기를 해줄 때가 있다. 한번은 장모님이 포장마차를 끌다가 넘어졌는데 한동안 갈

비뼈가 무척이나 아팠다고 한다. 억지로 장사를 했는데 갈비뼈에 금이 간 것을 안 건 한참 뒤였단다. 아내는 그런 일 말고도 이런저런 얘기를 간혹 하는데, 들을 때마다 그 세월을 견뎌온 장모님이 그저 대단하다는 생각밖에 들지 않는다.

결혼 초기에 장모님은 간혹 전화를 했다. 인간관계라고는 예전에 다 정리하고 누구도 만나지 않으시는 분이라 하나 있는 사위가 남달랐을 것이다. 그저 목소리를 듣고 싶어 하는 것 같은 안부 인사에 대답을 하면 음식을 해놨으니 집에 들러 가져가라는 말씀을 하시곤 끊는 전화였다. 퇴근 때 장모님 댁에 들러 음식을 가져오면 아내는 한마디 하곤 했다.

"사위 좋아하는 음식만 했네."

여든에 가까운 장모님이 많이 굽은 허리를 잡고, 더운 여름에 집에서 전을 지지고, 장조림을 만들고, 김치를 담아 그릇에 넣고, 비닐에 싸서 손에 쥐여줄 때마다 고마움보단 죄송함이 컸다. 하지만 무뚝뚝한 사위와 쑥스러움을 많이 타 낯을 가리는 장모는 서로 단답형의 물음과 답만 할 뿐이었다.

"별거 아니니까 갖고 가 먹어."

"감사합니다. 잘 먹을게요."

그러면 장모님은 문밖까지 나와 골목길에서 내가 사라질 때까지 뒷모습을 바라보곤 했다.

월급날에는 장모님과 외식을 했다. 가난한 살림이니 멀리 비싼 곳은 가지 못하고 동네 고깃집이 보통이었다. 그나마 형편이 좀 나아져 장모님에게 용돈을 드리면 가게 직원분들에게 자랑을 했다. 사위가 용돈을 줬다며 봉투를 보여주면서 말이다.

장모님이 우리 윗집으로 이사를 하신 건 마침 조건이 맞아서였다. 나는 한편으로 마음이 놓였다. 연로하시니 아무래도 건강이 걱정되었으니까. 퇴근 후 저녁이면 간혹 아내가 얘기했다.

"점심때는 배달시켜서 엄마랑 먹었어."

잘했다고 말했다. 사위라는 인간이 겨우 해드릴 수 있는 것이 배달 음식이라서 죄송했지만 말이다. 장모님은 자주 이런 말을 하신다고 했다.

"정 서방 나가서 일한 돈을 이렇게 비싼 거 시켜 먹어도 되는지 모르겠다."

장모님이 젊었을 적에 얼마나 부유한 삶을 사셨는지 나는 감을 잡지 못한다. 하지만 겨우 배달 음식에 고마워하시는 장모님의 말을 전해 들으면 가슴 한쪽이 조금 무거워졌다.

한동안 홈쇼핑 택배를 한 적이 있는데 새벽 여섯 시부터 일이 시작이라 다섯 시면 집을 나서야 했다. 겨울이라 골목에 나오면 밤과 다름없었다. 위층으로 이사 온 뒤로 장모님은 내가 출근할 무렵이면 문 앞 계단에 앉아 계셔서 집 현관을 나오면 장모님과 눈을 마주칠 수밖에 없었다. 그럼 장모님은 작은 목소리로 말을 건네곤 했다.

"정 서방, 잘 다녀와."

가방을 둘러멘 나는, "예. 장모님. 추운데 왜 나와 계세요. 어서 집 안으로 들어가세요."라고 말을 하곤 출근을 했다. 하지만 그 마음만은 너무나 잘 알 수 있었다. 육체노동자로 산 장모님과 역시 육체노동자로 살고 있는 사위. 자신의 손으로 자신의 밥을 벌어먹은 자, 또 벌어먹는 자의 이심전심을 서로 느끼는 것이었다. 노동에 치이고 노동에 삶을 쓴 자들이 느끼는, 그래야 아는 사람들의 감정 말이다. 내 손으로 살았다는, 누구를 속이지도, 민폐를 끼치지 않았다는 노동자의 품위를 가지고 산 사람들. 장모님과 나는 말하지 않아도 서로 알고 있었다고 생각한다.

지금 와 생각해보니 알고 지낸 지 겨우 3년 정도였던 것 같다. 위층에 사신 것은 1년 정도였던가? 장모님은 눈에 띄게 기력이 약해지더니 간혹 치매 증상도 보이곤 했다. 하지만 아플 때는 자식이나 내가 아닌 구급차를 바로 불렀다. 누구에게도 신세 지지 않겠다는 것이 장모님의 마지막 자존심이었던 것 같다. 그리고 어느 여름 아침, 장모님은 이미 발이 새파랗게 변한 채로 방에 누워 있었고, 아내가 발견해 중소병원으로 갔다가 바로 보라매병원으로 옮겼다. 이내 기관 절제술로 호흡기를 달고 한 달도 지나지 않아 요양병원으로 가야 했다. 코로나가 한창이던 때라 아내 한 사람만이 병간호를 할 수 있었는데 그마저도 요양병원으로 간 후는 화상 면담이 전부였다. 그동안 아내와 필담으로 나눈 말은, 여기 어디야? 물 좀 줘, 고양이들은? 병원비는 내가 해결할게, 였다고 한다.

병원에서 임종을 맞으실 것 같다는 전화가 와서 아내와 갔다. 장모님의 머리는 짧게 잘려져 있었고 호흡은 희미했다. 장모님의 이마에 손을 얹고 얼굴을 한 번 쓰다듬었다.

"우리 장모님 참 예쁘시네요. 걱정마세요. 집사람은 제가 잘 돌볼게요."

장모님이 내 쪽으로 고개를 돌리시더니 평안한 표정을 지었다.

몇 번이고, 몇 번이고. 눈에서 뭔가가 뚝, 뚝, 흘러내렸다.

뼈단지
풍경

부모님 묘는 도쿄 다마 묘지에 있다. 할머니 유골은 그 묘에 묻히지 않았다.

부모님은 도쿄로 이사한 뒤 돌아가셨고, 할머니 가네는 쇼와 초기에 고쿠라에서 노환으로 돌아가셨다. 큰 눈이 내린 날이었다. 여든이 넘은 것은 분명하나 정확히 몇 세이셨는지는 분명치 않다. 우리 집에는 위패도 없다.

할머니 가네는 아버지 미네타로가 한창 빈궁할 때 돌아가셨다. 묘는 없고 가까운 절에 잠시 맡기려고 했던 뼈단지는 지금껏 그대로 있다.

– 마쓰모토 세이초, 「뼈단지 풍경」 중에서

그해 여름은 병원에서 맞았다.

두 번째 수술. 신장암 말기의 아버지 수염은 덥수룩하게 자라 있었다. 오랫동안 목욕을 하지 못한 탓에 머리는 기름 때가 끼어 있었으며 몸에서는 진득한 땀 냄새가 났다. 나는 슈퍼로 가서 일회용 면도기를 산 후 비누 거품을 만들고 면도를 시작했다. 아버지의 수염은 깊고 두꺼웠다. 나는 몇 번씩 같은 곳을 깎으며 조금씩 반대쪽으로 이동해 갔다. 시간을 들여서 아주 꼼꼼히. 그러자 복잡한 감정들이 나의 가슴을 스치고 지나갔다. 평상시라면 아무렇지도 않을 일이 누군가 해줘야만 하는, 사소한 면도가 큰일이 되어버린 슬픔과, 면도하는 나의 얼굴을 바라보는 아버지의 눈길과, 거친 피부를 타고 흐르는 손길에서 느껴지는 나의 애달픔, 아버지로서 아들로서 이렇게 가까이 처음 느껴보는 유대감, 그런 감정들이었다.

면도를 하고 나자 아버지의 깨끗한 얼굴이 눈에 들어왔다. 아버지가 이렇게 잘생긴 사람이었나? 하는 생각이 문득 들었다. 그리고 거칠어진 피부에 내 삶의 무게까지 얹혀 있는 것 같은 느낌도. 그런 생각이 들자 아버지가 고맙고 미안하고 안쓰러웠다. 만약 내게 아버지의 삶이 주어진다면 나는 아버지처럼 해낼 수 있었을까? 겨우 중학교 졸업으로 서른둘에 도시로 나와 부두 노동자의 삶을 살면서, 아이를 키울 수 있었을까? 나는 한 번도 고단한 삶의 눈으로 아버지를 바라본 적이 없다는 생각이 들었다. 안타깝고 시렸지만 그것은 사실이었다. 나는 아버지의 턱을 만지면서 혼자서 중얼거렸다.

"아버지 참 잘생겼다."

고등학교 때까지 나의 꿈은 대한민국의 주류공장을 모두 폭파시키는 거였다. 나는 술이 싫었다. 이해하고 싶지도 않았다. 아버지가 술만 들어가면 보름달이 떠오르는 밤의 늑대인간처럼 변했으니까. 그렇다고 폭력을 휘둘렀던 것은 아니다. 그저 같은 말을 반복했을 뿐이다. 단 한마디. "내가 니 공부시킬라꼬 얼마나 고생하는 줄 아나?"라는 말이었다. 시간은 상관없었다. 술이 들어간 날은 차렷 자세로 3시간 동안 같은 말을 들어야 했다. 어렸을 때는 굉장히 무서웠다. 오줌이 마려워도 화장실은 갈 생각도 못 했으니까. 어린 마음에 그저 공포에 떨 뿐이었다. 고등학생이 되자 겁은 나지 않았다. 단지 짜증이 났을 뿐이다. 그래도 마칠 때까지 듣고 있었다. 그게 나를 먹여 살려주는 아버지에 대한 예의라고 생각했으니까.

"내가 니 공부시킬라꼬 얼마나 고생하는 줄 아나?"

물론 알고 있었다. 그 시절, 부두 노동자의 월급이 되면 얼마나 되었으랴. 아버지는 버스비를 아끼기 위해 출근 시간 보다 1시간이나 빠른 회사버스를 타고 다녔다. 아무리 추운 겨울도 일반버스를 타는 법이 없었다. 버스비마저 아껴야 살아지는 빠듯한 살림이었기 때문이었을 거다.

절의 이름은 모르지만 집 근처였으니 장소는 분명히 기억한다. 장례에 온 스님이 관 앞에서 불자를 흔들었으니 선종에 속한 절이 틀림없다. 어둑한 집안에서 불자의 하얀 솔과, 움직일 때마다 여기저기가 반짝이던 법의의 금란이 기억난다. 독경을 끝내고 일어나 관 앞에서 게를 외치는 스님의 커다란 목소리가 귀에 남아 있다. 내가 열여덟이나 열아홉쯤 되었을 때다.

- 마쓰모토 세이초, 「뼈단지 풍경」 중에서

어느 날 아버지와 버스를 탄 일이 있다. 아버지는 차장에게 만 원 지폐를 내밀었다. 차장은 황당한 표정을 짓고는 버스에 만 원을 내밀며 거슬러 달라는 사람이 어딨냐며 아버지를 타박했다. 하지만 아버지의 표정은 변함이 없었다. 결국 제풀에 지친 차장은 됐으니 그만 들어가라고 말했다. 나는 하도 부끄러워서 맨 뒷자리에 앉았다. 뒤늦게 앉은 아버지는 혼잣말처럼 중얼거렸다.

"버스비 벌었네."

아버지와 있으면 그런 일이 다반사였다. 길거리에서 나에게 고함을 지르거나 음식점에서 화를 내거나 하는 일이. 예의라고는 없는 사람이었다. 하지만 근본이 선한 사람이라는 것은 그때도 알고는 있었다. 그래도 자식인 이상 아버지를 모를 리가 없다. 악의는 없었다. 단지 예의를 모르는 사람일 뿐이었다. 하지만 나는 고등학생이었고 그런 아버지가 부끄러운 나이였다.

나는 그 절 앞을 자주 지나다녔다. 좁고 낡은 문, 그 위에 미끄러져 떨어질 것 같은 기와지붕, 지저분한 토담. 담 아래는 행인들이 버린 쓰레기로 너저분하고 밤이면 오줌 누기 알맞은 자리가 되어 늘 축축하게 젖어 있었다. 담 위로 본당의 장방형 지붕이 보이고, 문 안으로 소철의 푸른 잎들이 보였다. 나는 결국 한 번도 그 문 안으로 들어가 보지 않은 채, 아, 여기에 할무이 뼈가 있지, 하고 생각하고는 앞을 그냥 지나가곤 했다.

– 마쓰모토 세이초, 「뼈단지 풍경」 중에서

고등학교 2학년 때였던가? 나는 사귄 지 얼마 되지 않은 여자아이와 햄버거 가게에 앉아서 이런저런 얘기를 나누고 있었다. 그때 길가에 면한 창밖으로 아버지가 지나가는 것이 보였다. 두꺼운 겨울 외투는 부둣가의 바람으로 더러워져 있었으며, 헝클어진 머리카락 사이로 먼지가 쌓인 것이 보였다. 검붉은 피부에 면도를 하지 않은 얼굴이, 누가 봐도 고단한 노동자의 모습이었다. 나는 얼굴을 창에서 돌리곤 손으로 옆얼굴을 가렸다. 너무나 초라한 모습의 아버지가 부끄러워서. 그리고 고등학교 3학년 시절, 가출을 수습하기 위해 학교로 찾아와 선생에게 돈 봉투를 내밀 때도 내가 화가 난 이유는 부정적인 방법으로 일을 무마하려는 아버지가 아니었다. 초라한 모습의 아버지를 선생이 깔보면 어쩌나 하는 어설픈 자존심이었다. 나이가 면죄부가 될 순 없지만 아무튼 그런 나이였다.

뼈단지는 묘를 조성할 때까지 한시적으로 절에 맡기기로 한 것이었지만, 아버지는 돈이 많이 드는 묘석을 조성할 여력이 없어 절에 맡겨 둔 채 방치했다. 뼈단지를 절에 맡기는 사람의 태반은 가난한 이들이었다.

집 안에 불단도 없어서 할머니 가네의 뼈단지는 벽장 구석에 꽤 오랫동안 두었다. 검푸른 유약을 바른 도기는 철사로 묶어 뚜껑 위에서 매듭을 지었는데, 철사에 살짝 녹이 슬어 있었다.

– 마쓰모토 세이초, 「뼈단지 풍경」 중에서

대학에 들어오자마자 술을 배웠다. 난생처음 마시는 술이었다. 마시고 싶은 생각은 없었지만 자리의 분위기가 강압적으로 흘러 소주를 마시기 시작했다. 처음에는 아무 맛도 없었다. 단지 쓰기만 할 뿐이었다. 하지만 한 잔씩, 두 잔씩 넘어가기 시작하자 난생처음 느끼는 기분이 내 몸에 감돌았다. 발은 땅에 딛고 있는데 자꾸만 허공을 날아다니는 것 같았다. 그때 대한민국의 술집을 모두 폭파시켜 버리겠다는 생각은 접었다. 단지 아버지가 원망스러울 뿐이었다.

'아니, 이 맛있는 술을 그동안 아버지 혼자만 마셨단 말이야?' 하고.

아버지가 이해되기 시작한 것은 사회에 어느 정도 눈을 떠가면서부터다. 나는 대학에 다니는 동안 줄곧 아르바이트를 했다. 커피숍이나 호프집은 기본이었으며, 과외는 편안한 일자리였다. 방학 때는 주로 일용직을 전전했다. 그중에서도 기억에 남는 건 전봇대를 심는 일이었다. 기계 장비가 못 올라가는 산에 사람 여섯이 전봇대를 메고 올라가 심는 일이었다. 일당이 센 만큼 노동의 강도도 장난이 아니었다. 전봇대를 들었을 때 누구 하나 힘들다고 갑자기 놓으면 절대 안 되는 일이었다. 그랬다가는 나머지 다섯 사람의 허리가 한꺼번에 나가버리니까. 전봇대에 나무를 묶어서 양쪽으로 사람이 들고 운반하는 거였는데 일을 하는 내내 그리스 시대의 노예가 된 기분이었다. 그래도 대학생이라고 같이 일하는 아저씨들이 대개는 잘 대우해줬다. 그때 나이 많은 반장이 했던 말이 기억에 남아 있다.

"지금은 내 밑에서 일해도 느그가 졸업하면 다 우리 위에 와서 일한다 아이가. 그러니까 내가 느그한테 잘 보여야 되는 기라."

물론 그때는 무슨 말인지 전혀 알지를 못했다. 졸업하고 나서 사회생활을 시작한 뒤에야 그 말을 체감할 수 있었다.

어느 날 아버지가 울면서 들어온 날이 있었다. 아마 대학 3학년 때였을 거다. 웬일로 아버지는 늘 하던 말을 하지 않았다.

"니 내년이면 졸업이제?"

초점을 잃은 아버지의 눈이 나를 바라보고 있었다.

"응."

"나는 니 졸업할 때까지만 일할 끼데이. 졸업하면 니가 나를 묶여 살려야 된데이."

나는 고개를 끄덕였다. 당연하다고 생각했으니까. 부모가 나를 키웠으면 자식이 봉양을 하는 것은 순리다. 토를 달아서도, 달 이유도 없지 않은가? 그때 아버지는 생전 본 적이 없는 눈물을 흘렸다.

"나쁜 노무 새끼. 내가 즈그 아부지뻘인데 우째 말을 그리 모질게 할 수가 있노. 암만 회사라 캐도."

서러운 눈물이었다. 그렇게 서럽게 우는 아버지는 태어나서 한 번도 본 적이 없었다. 우습게도 그날에야 비로소 아버지가 친밀하게 느껴졌다.

단지를 나무상자에도 넣어 두지 않고 하얀 천으로만 간단하게 싸 두었다. 벽장 장지문을 열 때마다 그것이 눈에 띄었다. 아버지도 처음 얼마 동안은 뼈단지가 마음에 걸렸을 게 분명하지만 곧 익숙해지자 잡동사니처럼 보게 되었을 것이다. 아버지는 어릴 때 가네 부부에게 입양된 양아들이었다. 그러나 피가 통하지 않는다고 아버지가 할머니 뼈단지를 함부로 다룬 것은 아니다.

– 마쓰모토 세이초,「뼈단지 풍경」 중에서

대학원 1학년 때였다. 아버지는 그해 정년을 채우면 해외여행을 갈 생각이었다. 비행기를 한 번 타는 것. 그것이 아버지의 작은 소원이라면 소원이었다. 하지만 자꾸 마른기침을 하는 탓에 병원에 가서 정밀진단을 받은 결과 신장암이라는 판명이 나왔다. 나는 대학원을 휴학했고 아버지는 해외여행을 포기했다.

1차 수술의 경과는 좋았다. 원체 강인한 체질이라 수술이 끝난 후에 회복도 빨랐다. 수술한 지 사흘도 되지 않아서 병원 복도를 산책할 정도였으니까. 그래서인지 재발도 전이도 빨랐다. 2차 수술 후에는 거의 침대에서 일어나질 못했다. 말하는 것도 힘겨워 보였다. 그렇게 3개월을 병실에서 보냈다. 아주 간혹 가까스로 입을 열어 휠체어를 태워달라고 했다. 그러면 꼭 바다가 보이는 창문에 가길 원했다. 바다를 바라보는 아버지의 눈빛은 내가 여태껏 어느 누구에게서도 보지 못한 눈빛이었다. 그것은 생이 끝나가는 것을 알고 있는 사람의 눈빛이었다. 아마 나는 죽을 때까지 그 눈빛을 잊지 못할 것 같다.

어느 날 아버지가 다시 피를 토하자 긴급 호출이 울렸다. 응급처치를 한 후 담당 의사는 선택을 권했다. 병원에서 맞을 것인지 집에서 맞을 것인지를. 새벽 두 시에 앰뷸런스를 타고 집으로 돌아왔다. 방에다 눕히고는 양손을 가구에 묶었다. 수술한 배가 견딜 수가 없는지 자꾸만 양손으로 배를 가르려 했기 때문이었다. 괴롭다고 울부짖는 아버지를 나는 그저 사지를 묶고 지켜볼 수밖에 없었다.

언젠가부터 할머니는, 눈이 흐려, 라고 말하기 시작했다. 얘야, 안과 의사를 불러줘, 하고 부탁했다. 안과 의사가 아니라 내과 의사가 와서 회중전등으로 눈동자를 진찰했지만, 할머니, 걱정 마세요, 나이 들면 누구나 눈이 침침해지는 겁니다, 하고 말했다. 의사는 돌아갈 때 어머니에게 작은 목소리로, 노환으로 시력이 사라지고 있어서 고칠 수가 없어서, 이제 곧 실명하실 겁니다, 하고 선고했다. 아마 영양실조 때문인 것 같았다.

…(중략)…

돌아가시기 사흘 전부터 혼수상태에 빠졌다. 밤낮으로 요란하게 코를 골았다. 나는 인쇄소를 쉬었다. 어머니는 장례를 대비하여 가게 문을 닫았다.

– 마쓰모토 세이초, 「뼈단지 풍경」 중에서

병원을 나온 때가 8월이었다. 여름은 벌써 거리의 구석까지 내려서 태양이 두 개가 아닐까? 하는 의심이 들 정도로 더운 날씨였다. 나는 아버지가 20년 동안 모아서 산 스무 평의 작은 아파트에서 아버지의 배에 뜸을 놓고 있었다. 아버지의 배는 마치 기운 걸레 조각처럼 너덜너덜했다. 배꼽에서 명치까지 일직선으로 자른 긴 칼자국이 나 있었고, 아직 아물지도 않은 상처 주위에는 대충 봉합해 놓은, 철사 같은 것이 배를 관통하고 있었다. 아버지는 계속 피와 범벅이 된 검은 설사를 하고 있었고 의식은 전혀 없는 상태였다. 단지 이제는 신음조차 힘들다는 표정과 눈빛으로 겨우 들릴 듯 말 듯 가는 숨을 내쉴 뿐이었다. 병원에서 나온 지 한 달이 다 돼가고 있었다. 내가 할 수 있는 일이라곤 고작 뜸을 뜨는 일뿐이었다. 아래층에 사는 한의사 아저씨가 아무래도 오늘 밤이 고비라고 말했다.

"아무래도 형님은 널 공부시키는 게 인생의 전부였는가 보다."

말이 폐부를 찌르고 온갖 장기를 헤집는 것 같았다. 나는 아저씨의 얼굴을 잠시 바라보다가 장롱에서 통장을 꺼내 은행으로 갔다. 그러고는 아버지의 퇴직금과 그동안 아버지가 저축해 놓은 돈을 모두 현금으로 찾았다. 5,000만 원이 조금 넘는 돈이었다. 집으로 돌아와 돈을 아버지의 머리맡에 놓고 일부는 아버지의 양손에 쥐어드렸다.

"아버지! 나 이 돈 필요 없으니까 아버지가 다 쓰고 돌아가세요. 가고 싶은 데 있으면 가시고 드시고 싶은 거 있으면 드시란 말이에요."

나는 말을 하면서 울고 있었다. 왜 그렇게 눈물이 흘렀는지 모르겠다. 아마 여러 가지 이유가 있었을 것이다. 기껏 돈 5,000만 원을 벌기 위해 그렇게 고생한 아버지가 불쌍했고, 그렇게 열심히 일했는데도 5,000만 원밖에 벌 수 없었던 아버지가 측은했고, 그마저 제대로 써보지도 못할 것 같은 아버지가 안타까워서였을 것이다. 그리고 이제는 다시 볼 수 없을지도 모른다는 절망감도. 그때 아버지의 의식이 돌아왔었는지는 지금도 확신할 수가 없다. 단지 아버지는 나에게로 고개를 돌리시고는 보일 듯 말 듯 웃으며 이렇게 말했을 뿐이었다.

"그~래! 놀~자."

그리고 내가 미처 무슨 대답을 할 겨를도 없이 아주 긴 숨을(휴~우! 하는 긴 숨이었다) 쉬었다. 한의사 아저씨가 재빨리 맥을 잡더니 이내 손을 놓았다. 스물일곱 살 때의 일이다.

코골이가 멈췄을 때 할머니의 감은 눈에서 눈물 한 방울이

굴러 내렸다. 볼 중간쯤에서 멈춘 눈물방울은 유리구슬처럼 맑았다. 눈발이 그칠 줄 몰랐다.

나카시마 거리도 당시의 흔적이 없었다. 대강 여기일 거라고 짐작되는 곳은 삼 층짜리 레스토랑이 되어 있었다. 걸을 때마다 손에 든 가방 속에서 위패를 싼 종이가 바삭바삭 소리를 냈다. 그 소리를 뼈단지의 무게라고 느꼈다.

– 마쓰모토 세이초, 「뼈단지 풍경」 중에서

아버지의 장례식 때 나는 울지 않았다. 그 모습을 두고 일가친척들은 모진 놈이라고 대놓고 얘기했다. 특히 큰 고모는 온 동네가 떠나갈 듯이 곡을 하고는 나에게 일장 연설을 했다. "네 아버지가 너를 얼마나 힘들게 키운 줄 아느냐? 그런데 넌 상주가 되어가지고 곡도 하지 않느냐? 그건 사람 도리가 아니지 않느냐?" 뭐 그런 말들이었다. 나는 잠자코 있다가 큰고모에게 물었다. 왜 상복을 입지 않으시냐고. 그러자 큰고모는 잠시 머뭇거리다 이렇게 말했었다.

"날씨가 이래 더븐데 상복을 우째 입노?"

나는 잠시 큰고모를 바라보곤 말했다.

"하긴, 곡하는 것이 하도 구슬퍼서 상복이 없어도 되겠더군요."

나는 화조차도 나지 않았다. 어차피 그네들은 상이 끝나면 일상으로 돌아가 지금의 일들을 깨끗하게 잊어버릴 사람들이라고 생각했으니까. 그네들의 슬픔에 진실이 없다는 것을 나는 알 수 있었다. 슬픔은 오로지 당사자의 몫이란 걸 나는 병원 생활을 통해 체득하고 있었다. 물론 자식인 이상 슬프지 않을 리가 없다. 아버지와는 애증을 함께했었지만 망자가 된 아버지 앞에서 원망스러운 감정은 들지 않았다. 난 단지 위선이 싫었을 뿐이다. 울고 싶고 참을 수 없다면 운다. 하지만 당신들처럼 남이 보란 듯이 울진 않는다. 그저 그런 생각이었다.

확실히 아버지의 인생은 고단함 그 자체였다. 또한 그 마지막조차 끝내 고통에서 벗어나질 못했다. 그리고 그것은 나의 인생을 바꿔버렸으며 두 번 다시 예전의 나로 돌아갈 수 없게 만들어버렸다. 한 번 어둠을 지나온 인간은 두 번 다시 햇살을 햇살로만 보지 못하는 법이다.

"차도가 없으면 화장해뿌라. 병든 사람 매장하면 자식한테 옮는다."

2차 수술 전에 아버지가 한 말이다. 어디서 그런 얘기를 들었는지는 모르겠다. 하지만 그 말에는 단호함이 있었다.

아버지의 유해는 화장했다.

돈이 없는 아버지는 할머니 장례도 제대로 치르지 못하고, 유해를 화장장으로 운구할 때도 어디서 대형 수레를 빌려다가 관을 싣고 임종까지 사용한 이불 한 채를 덮어서 아버지가 몸소 끌고 갔다. 나도 수레를 밀었다. …(중략)… 어머니는 문가에 서서 쓸쓸한 얼굴로 하염없이 바라보고 있었다. 엄니하고 참 오래도 살았네요, 하고 말하는 것처럼 보였다. …(중략)…

기요(나를 늘 그렇게 불렀다), 내가 죽으면 너는 내가 지켜 줄 팅게, 하고 할머니는 종종 말했다.

– 마쓰모토 세이초, 「뼈단지 풍경」 중에서

그런 탓이었을까? 스물일곱 살이 되었을 때, 나는 삶의 의미를 잃어버렸다. 그것은 더 이상 나의 관심을 끌지 못했으며, 희망을 품어야 하는 무엇도 아니었다. 나는 아직 젊었지만 이미 삶의 에너지는 다 소진한 것 같았다. 혹은 박탈당했다는 표현이 맞을지도 모르고. 청춘이란 단어는 나의 언어 속에서 자취를 감추었고 내 감정의 우물은 바닥을 드러낸 지가 오래인 것처럼 느껴졌다. 삶은 고단하고, 영혼은 도무지 성장할 기미를 보이지 않았다. 나는 헤어 나올 수 없는 사막에 혼자 버려진 채로, 빠져나올 생각도 포기한 채 스스로 고립하여 시들어 가고 있었다.

확실히 스물여섯 살 때의 나는 그렇지 않았다. 나는 많은 것을 바라고 있었고 삶에 대해 줄곧 생각하고 있었다. 그리고 끝도 보이지 않는 문제들 속에서 희망을 버리지 않고 두 손을 쥐고 있었다. 배부를 만큼 타인에게서 상처받고, 수없이 자신에 대해 모멸하는 시간을 가졌지만, 청춘이란 그런 것이라 생각하며 스스로를 다독거렸다. 하지만 스물일곱 살의 여름, 아버지가 돌아가시자 삶은 따분한 것이 되어버렸다. 나에게는 도달해야 할 그 무엇이 없었다. 어느 날부터인가 타인의 삶이란 끝이 명료하게 보이는 직선처럼 느껴졌고, 그들의 삶이란 그만그만한 형태로 그만그만한 욕심을 가진 유사품처럼 느껴졌다. 거기에는 자유가 없었다. 단지 자유라고 불리는 자유를 닮은 것이 있을 뿐이었다. 그리고 그러한 생각들은 어느새 나의 발끝에서 목까지 차오르더니 마침내 일상이라는 것을 혐오하는 인간이 되어버렸다. 진리라는 것은 어딘가의 섬에 보물처럼 묻혀 있어서, 평범한 생활에서 일탈하지 않으면 얻을 수 없는 것이라 믿는 사람으로.

이제 나는 쉰 살이 되었다. 간혹 스물일곱 살의 그때가 떠오른다. 상을 치르면서, 슬픈 것도 있었지만 쉬고 싶다는 생각도 들던 그때. 배도 고프고, 목욕도 하고 싶고, 빨리 끝났으면 좋겠다는 생각도 들던 그때. 한편으로는 내 인생이 슬픔으로 가득 차지 않고 생활로 자꾸 눈이 돌아가서 죄책감 때문에 괴로워하던 그때. 그래서 똥을 누는 것조차 죄스러웠던 그때. 하지만 지나고 보니 진짜 슬픔은 그런 게 아니었다. 어느 날 친구들과 술을 마시다가 불현듯 생각나서 한없이 우울해지기도 하고, 집 안의 물건을 보다가 예전에 했던 사소한 대화가 떠올라서 울어버리기도 하고, 거리를 지나다가 언젠가 이 거리를 함께 걸은 적이 있다는 생각에 먹먹해지기도 하는 것. 언제 어떤 식으로 찾아올지 전혀 예측할 수가 없는 것이란 걸 알게 됐다. 아마 죽을 때까지 그럴 거라고 생각한다. 피붙이의 죽음이란 그런 것이다. 진짜 슬픔은 장례식을 끝낸 뒤 한참 후에야 찾아오기 시작한다는 것을. 그런 시간들을 겪다 보면 슬픔이 뼈에까지 쌓인다는 것을. 하지만 한편으로 다행인 건 그 슬픔의 깊이만큼 내가 아버지를 사랑한 깊이도 알게 된다는 거다.

물론 그 사실이 나를 구원해주었다는 것을 안 것은 아주 오랜 시간이 지난 후였다.

평소와
다를 바는 없었다

장모님의 상에 문상객은 부르지 않았다. "지인들에게 신세 진 것도 많은데 더는 민폐를 끼치고 싶지 않아."라는 게 아내의 말이었다. 더 깊은 이유들이 있을 거라고 생각했지만 묻지 않았다. 대신 납골함만큼은 마음에 드는 걸로 고르고 싶다고 했다. 그러라고 했다. 마침 인세도 들어오고, 영화사와 시나리오 계약도 한 상태라 상을 치를 돈은 있었다.

"그래도 우리 엄마 초상 치를 돈이 있을 때 돌아가셨네. 돌아가실 때도 우리 부담 주기 싫어서 날을 택하신 것 같아."

아내의 말에 고개를 끄덕였다. 출간이 없었더라면 빌려서라도 상을 치러야 했으니까.

수요일 아침에 돌아가신 장모님은 영안실에 모셔 두었다. 그동안 나는 출근을 하고 택배를 배송하고 저녁 늦게 집으로 돌아왔다. 딱히 평소와 다를 바는 없었다. 병간호와 걱정에 지쳐 있던 아내는 종일 아파 누워 있었다.

　금요일 새벽, 병원으로 가 출상을 했다. 화장터로 갈 버스와 기사분이 다였다. 그 차 뒤를 택배차를 끌고 따라갔다. 아내의 친구 두 명이 다른 차로 뒤를 따랐다. 말렸지만 오겠다고 해서 더 이상 막지는 못했다고 했다. 세 사람을 남겨두고 화장 진행을 지켜봤다.

　"나도 봐야 하는 것 아냐?"라는 아내의 질문에 "안 보는 게 좋겠다."라고 대답했다. "왜?"라는 아내의 눈빛에 말을 이었다.

　"평생 트라우마로 남아. 내 경험상. 그러니 내가 다 하고 올게. 자기는 친구들과 커피 마시며 기다리고 있는 게 좋을 것 같아."

　유리벽 너머로 종이가 펴지고, 유골이 올려지고, 반듯하게 접힌 후, 아내가 준비한 유골함에 유골이 들어가는 것을 보았다. 유골함을 건네받고 가방에 넣은 후 둘러매고 화장장을 나왔다. 여름이었고 시간은 정오를 향했다. 덥고 습한 바람이 몇 차례 불었다. 우리 넷은 간단한 점심 식사를 한 후 바로 헤어졌다. 내가 배송을 해야 했기 때문이었다. 돌아오는 길에 아내가 말했다.

"이제 정말 우리 둘뿐이네."

잠시 침묵이 흘렀다.

"응."

내가 대답했다. 다시 침묵.

"둘이라서 좋은 것 같아."

내가 말했다.

"응."

아내가 대답했다. 다시 침묵.

"나 슬퍼."

아내가 말했다.

"당연하지."

내가 대답했다.

"오래 갈까?"

아내가 물었다.

"아마도. 내 경험상은 그래."

내가 대답했다.

"힘들겠네."

아내가 말했다.

"뭐 그렇긴 한데, 나중에는 생각이 달라지더라고."

내가 말했다.

"어떻게?"

아내가 물었다.

"뭐랄까. 이런 식으로 함께한다는 느낌? 같이 있다는 느낌? 뭐 그렇더라고."

다시 침묵. 아내는 정면만 응시하고 있었다. 풍경을 보고 있는 것 같진 않았다.

아내를 집에 데려다주고, 터미널로 가서 택배를 실은 후, 배송지로 와서 배송을 시작했다. 딱히 평소와 다를 바는 없었다.

제가 더
관심 없어요

배송 구역에 7층 빌라가 있다. 7층 자체로는 문제가 안 된다. 엘베가 없다면 큰 문제가 되겠지만 말이다. 물론 건축법상 6층 이상은 무조건 엘베를 설치하게 되어 있으니 없는 것은 아니다. 다만 사용하지 않는다는 게 문제다. 엘베 앞에는 항상 '고장'이라는 종이가 떡하니 붙어 있는데, 1년째 붙어 있으면 수리가 아니라 전기세 아끼려는 짓으로밖에 보이지 않는다. 법규 위반도 피할 겸 말이다.

본인들이야 7층을 걸어 다니든 기어 다니든 내 알 바는 아니다. 문제는 나다. 짐을 지고 올라가야 하는 건 나니까. 가벼우면 그나마 그러려니 할 수도 있다. 하지만 택배라는 게 인생과 닮아서 불행은 항상 쌍으로 오는 경향이 있다. 그러니까 힘든 상황에 진상까지 착 달라붙어 오는 경우 말이다.

7층에 누가 사는지는 모른다. 아무튼 1~2주에 한 번은 생수박스를 시킨다. 작은 것도 아니고 1.8리터 6개 묶음 스무 박스다. 양손에 하나씩 잡을 수밖에 없으니 열 번을 올라가야 한다. 7층을 말이다. 물량 전체로 보면 70층을 올라가야 하는 거다. 63빌딩을 생수 들고 올라갔다 내려오는 것과 비슷하다. 도무지 상식이라는 건 안 키우나 싶다. 하긴, 상식이 없으니 진상이지 있으면 어떻게 진상이 되겠는가? 진상도 아무나 할 수 있는 것은 아니다. 아무튼 다섯 번쯤 올라가서 문 앞에 내려놓으면, 어쩔 수 없이 묻고 싶어진다.

"아니, 이 돈이면 정수기를 임대하겠소. 도대체 생수를 시키는 이유가 뭐요? 욕조에 생수를 부어 장미향을 첨가한 다음 스펀지로 욕조를 애무하려고? 택배기사의 허리와 다리가 부러지는 걸 즐겁게 상상하면서?"

다시 계단을 내려온다. 그래도 화가 나는 건 어쩔 수가 없으니 삭힐 요량으로 삿된 생각을 해본다. 그러니까 이 자식을 어디 아라비아 사막으로 끌고 가 햇볕 잘 드는 모래언덕에 패대기친 후(하긴, 거기에 볕이 안 드는 곳이 어디 있을

까마는) 한 일주일 내버려 두는 거다. 그리고 다시 찾아가 1.8리터 생수 뚜껑을 따고 한 모금 마신 후, 상대의 얼굴을 보며 이해가 안 간다는 표정으로 묻는 거다.

"설마 당신, 목마른 거 아니지?"

흘러내리는 땀을 식히며 겨우 탑차의 운전석에 앉아 있는데 전화가 왔다.

"작가님?"

출판사 팀장이었다. 내용을 들어보니 어느 영화사에서 나를 만나고 싶은데 연락처를 알 수 있느냐고 물었단다. '영화사에서 나를 왜?' 싶었지만 청와대가 아니니 알려줘도 상관없다고 말했다. 1시간쯤 후 전화가 왔다.

"작가님 안녕하세요. 저는 □□픽처스의 전○○ 피디라고 합니다. 작가님 책 너무 감명 깊게 잘 읽었습니다."

정말 감명 깊게 읽은 말투였다. 하마터면 진짜로 알 뻔했다. 나와 달리 사회생활을 잘할 것 같았다. 인사치레를 이 정도로 할 수 있다면 본인 일이야 말해 무엇 하겠는가?

"출판사에도 말씀드렸지만 판권 구매는 아니고 작가님을 한번 뵙고 싶어 연락드렸습니다. 혹시 언제 시간이 가능하실까요?"

물론 가능했다. 월요일 오후만. 당연히 약속 장소는 동네 근처로 잡았다. 내일 지구가 멸망한다 해도 집 멀리로 나가는 건 싫다. 소설도 어디 회사로 가서 써야 했다면 작가가 되지 않았을 거다. 아무튼 약속을 잡고 전화를 끊으며 생각했다.

'아니, 소설을 읽었으면 됐지, 작가가 왜 궁금하지? 존 스타인벡이나 헤밍웨이라면 몰라도 난 그냥 동네 아저씨인데. 거참, 이상한 사람이군.'

*

커피숍에는 상대에게 양해를 구한 후 아내와 같이 나갔다. 통역사가 필요한 사람이니까. 영화사 김 대표와 전 PD, 그렇게 넷이서 인사를 한 후 몇 마디를 나누니 딱히 더 할 말도 없었다. 판권 얘기도 아니고 출판과 관련도 없으니 초면에 무슨 얘기를 더 하겠는가. 소심한 성격이라 자리가 어색해지면 술 생각밖에 나지 않는다.

"심심한데 그냥 술이나 한잔할까요?"

내가 물었다. 딱히 술 생각은 없어 보였지만 거절하기도 뭣했는지 동의하기에 근처 보쌈집으로 옮겼다. 가는 길에 전 PD가 물었다.

"작가님 소설 읽어보니 조니워커 좋아하시는 것 같던데 그걸로 할까요? 저희가 사겠습니다."

친절하고 다정한 말투였다.

"아닙니다. 이제 나이가 있어 독주는 못 마셔요. 그냥 소주면 됩니다."

'초면에 제가 왜 술을 얻어먹습니까? 예전의 저라면 몰라도.'라는 말은 생략했다. 소주 정도는 살 형편이 됐다.

보쌈집에 앉아 잡담을 나눴다. 지금 생각해보니 탐색전이었던 것 같다. 그러니까 이 작자가 시나리오를 쓸 만한 작가인지 아닌지, 간을 봤다고 할까? 아님 말고 말이다. 기껏해야 커피와 술값이니 딱히 매몰비용이랄 것도 없다. 사회생활하던 때의 나라면 상대의 태도에 어설픈 촉이라도 세웠겠지만, 이제는 택배기사라 내 팔 내가 흔들며 먹고 사니 관심도 촉도 가지고 있지 않다. 독립노동자의 몇 안 되는 기쁨 아닌가. 인간관계가 없다는 건 손익에 따라 움직일 필요가 없다는 거다. 기분에 따라 살면 된다. 만나고 싶으면 만나고, 만나고 싶지 않으면 안 만나면 된다.

술이나 마시며 묻는 말에 솔직하게 대답했다. 보쌈은 거의 먹지 않았다. 강소주가 내 방식이다. 술을 마시면 안주를 집는 것도 귀찮아진다. 소주를 따르는 것도 귀찮아서 글라

스에 부어 나눠 마신다. 당연히 상대의 잔에 따라주는 것도 귀찮다. 다 큰 어른들이 자기 잔의 술 정도는 알아서 따라 마셔라 싶다. 내 잔을 채워주는 것도 싫다. 상대가 예의라며 두 손으로 주는 것도 싫고, 나 역시 예의상 두 손으로 받는 것도 싫다. 내 위의 연배가 아니라면 보통 술자리 처음에 각자 따라 먹자고 양해를 구한다. 구했고 상대가 동의했음에도 전 PD는 나의 빈 잔을 채웠다. 초면이라 제발 좀 그만하라고 말하기가 힘들었다. 몇 순배의 술이 돌고 담배를 피우러 골목에 나오니 김 대표가 따라 나왔다. 한 모금 피운 대표가 물었다.

"작가님! 문단에는 관심이 없으세요?"

'갑자기 뭔 얘기지?' 싶었다.

"문단요?"

"예. 세계문학상에 투고하셨다가 최종심에만 드셨잖아요. 전에는 문학동네 최종심이셨고. 제가 문단 쪽으로 아는 작가분들이 좀 있거든요."

전형적인 한국사회의 관계 형성 방식이었다.

"없습니다."

나의 대답에 대표는 조금 놀라는 것 같았다.

"하지만 투고는 순문학 쪽으로 하셨지 않나요?"

나는 정면의 골목 풍경만 응시한 채 담배를 끄며 대답했다.

"원고를 다 써서 마감이 가장 가까운 곳에 투고한 것뿐인 걸요."

대표가 조금 황당하다는 표정을 지었다.

"제가 아는 작가분들은 다들 문단에 관심이 많던데요?"

다시 담배를 물었다.

"문단과 제가 공통점이 하나, 차이점이 하나 있을 겁니다."

대표의 얼굴에 궁금증이 일었다.

"뭡니까?"

담배에 불을 붙인 후 대답했다.

"공통점은 서로 관심이 없다는 거고요."

연기를 마신 후 뱉었다.

"차이점은 제가 더 관심이 없다는 거죠."

내 말에 대표가 웃었다.

"제가 아는 작가분들이랑 조금 다르시네요."

얼굴에는 여전히 미소가 있었다.

"그런가요? 아는 작가가 없어서 다른 분들은 어떤지 저는 모르겠네요. 안다 해도 그건 그 작가님들의 문제겠지요. 전 책을 내고 싶었고, 당선이 되면 가능하니 투고를 했을 뿐입니다. 아무튼 첫 책이 나왔으니 됐고요. 평생 아싸로 살았습니다. 인싸로 들어가려고 껄떡이는 짓은 하지 않아요. 아싸의 품위가 있지. 물론 받아주지도 않겠지만요."

'아니, 뭐 이런 밥맛이 다 있지?' 싶었을 텐데 대표의 표정은 호기심에 가까웠다. '이거 좀 별종이네.' 싶은 얼굴. Look on the bright side 타입이라고 생각했다. 사업가란 게 그런 거겠지.

다시 술자리로 돌아오니 전 PD가 물었다.

"그런데 작가님, 주인공이 칼을 잘 쓰던데 혹시 특수부대 출신이신가요?"

정말 궁금하다는 얼굴이었다.

"방위 나왔습니다. 칼은 택배 뜯을 때나 쓰고요."

나의 대답에 두 사람은 재미있다는 듯 미소만 지었다. 역시, 나와 달리 사회생활 만렙이었다. 영화판이라는 게 꽤 터프한 곳일 듯싶기도 했고. 그렇지 않다면 이렇게 사회생활에 단련된 모습이 나올 리가 없다.

"소설 주인공이 아주 멋지더라고요. 작가님과 많이 닮은 거 아닙니까?"

역시, 만렙이었다.

"닮은 구석이라고는 하나도 없습니다. 지질한 부분이 있다면 그건 닮았겠네요."

사실이라서 사실대로 말했다.

"주인공이 참 매력 있던데요. 과묵하고 남자답고."

술이나 마셨다. 소설은 소설일 뿐 작가 개인이 아니다. 하지만 동일시하는 눈빛이라 할 수 없이 대답했다.

"전 샤워하다 갑자기 물만 뜨거워져도 식겁하는 인간입니다. 주인공과 저는 아무런 연관성이 없어요."

여전한 두 사람의 미소. 다시, '만렙인가?' 싶었다. 그렇게 술이 또 몇 순배 돌자 대표가 물었다.

"작가님 혹시 시나리오는 관심 없으세요?"

예상 밖의 질문이었다. 판권 계약이 아니고 그저 작가를 보고 싶다고 해서 나왔을 뿐이니까.

"많습니다."

의외의 질문이었지만 바로 대답했다. 그럴 수밖에 없었다. 어릴 때부터 줄곧 영화를 봐온 탓이다. 대학교 때는 비디오 가게 주인으로부터 이런 말까지 들었다.

"오늘로 삼천 개를 넘으셨네요."

그러니 관심이 없을 리가 없었다.

"하지만 써 본 적이 없어 가능할지 모르겠네요."

말은 그렇게 했지만 내심은 달랐다. '소설이나 시나리오나 거기서 거기 아냐? 게다가 시나리오는 분량도 적잖아. 넉넉잡아 한 달이면 뚝딱 쓰겠구먼 뭐. 할리우드로 가서 쓰는 것도 아니고 마침 한글도 좀 알고 있고 말이야.'라고.

나란 인간은 매사가 이런 식이다. 관심이 가는 건 쉽게 보고, 날로 먹으려 하며, 할 수 있다고 생각하는 거다. 하룻강아지 범 무서운 줄 모르는 얄팍한 놈이다. 아무튼 매사를 이렇게 쉽게 덤볐다가 호되게 얻어맞은 뒤에야, '아, 내가 너무 쉽게 생각했나? 그런데 물릴 수 없는 상황인데 어쩌지?' 하며 울면서 간다. 다음에는 그러지 말아야지 하면서도 계속 반복한다. 어쩔 수 없다. 사람이 머리가 나쁘면 세상으로부터 돌을 맞아봐야 정신을 차리게 된다.

아무튼 그런 성격 탓에 이번에도 일을 저지르게 된다. 수습은 먼 후일, 아주 힘들게 하게 되고.

"에이. 시나리오 쓰는 거 쉽습니다. 작가님은 장편소설도 쓰셨잖아요. 잘 쓰실 겁니다."

시나리오 작가들이 들으면 뺨 맞을 소리를 천연덕스럽게 하고 있었다. 물론 나중에야 밑밥을 던져 고기를 낚는 것일 뿐, 본인도 절대 그렇게 생각하지 않는다는 것을 알게 되지만 말이다. 하지만 사람 말을 곧이곧대로 믿는 멍청이라 그 말에 혹했다. '아, 그런가? 하긴 장편도 썼으니 신을 나누고 대사와 지문 중심으로 시나리오 형식으로 쓰면 되겠지 뭐.'

라고 내 편할 대로 생각했다.

　아무튼 그날은 그 정도의 얘기만 오가고 헤어졌다. 술값은 제작사에서 계산했다. 굳이 하겠다고 해서 굳이 말리지는 못했다.

김상용 씨의 이야기

아침에 일어나면 이런 생각이 들어. 나는 왜 오늘도 죽지 않고 눈을 떴을까?

응? 왜 그런 생각을 하느냐고? 글쎄. 작가 선생은 어떨지 몰라도 난 그래. 사는 게 정말 재미가 없어. 내 나이가 올해 쉰둘인가 그런데 껍데기만 남은 것 같아. 그저 죽을 때 밥이나 안 굶고 있으면 됐다 싶어.

말이 좋아 어떻게 하게 됐느냐고 묻는 거지, 어떻게 여기까지 흘러왔느냐고 묻는 거 아냐? 내가 너무 직설적인가? 택배기사를 사람들이 다 무시하니 그리 생각하는 거지. 택배를 해보면 사람들이 무시하는 게 눈에 보이는 데 뭘. 과거? 난 과거 같은 건 잊어버렸는데. 별로 생각하고 싶지 않거든.

보자. 이 일을 하기 전에는 동남아에서 의류 공장을 했지. 어느 나라인지는 알려고 하지 마. 별로 말하고 싶지 않으니까. 하청의 하청이었으니까 3차 하도급쯤 되려나? 뭐? 협력업체? 단어 바꾸면 내용이 달라지나? 내용도 대우도 하도업체인데? 그래도 꽤 잘나갔어. 먹고살 만했다는 거지. 마누라도 있었고 집도 넓었고. 한국에서 그 정도 집에 살려면 강남 졸부 정도는 돼야 할걸? 혼인신고는 하지 않았지만 5년 정도 살았지. 현지 여자였어. 요즘은 그걸 사실혼이라고 하는 것 같던데. 뭐? 옛날부터 있었다고? 그게 중요한가? 아무튼 잘살았어. 애를 가지고 싶었지만 안 되더라고. 회사 망하고, 한동안 그곳에서 노숙했어. 왜 망했느냐고? 일이 없으니까 망했지 뭐. 하청은 라인이야. 라인이 떨어지면 일도 끊기는 거지. 마누라는 사업상 알던 지인에게 소개해줬고. 아니, 그게 뭐가 이상해? 내가 마누라를 먹여 살릴 능력이 없는데. 나 혼자 굶으면 됐지, 마누라까지 굶길 수는 없잖아? 마침 지인도 내 마누라를 마음에 들어 했고. 마누라도 싫지는 않은 눈치였어. 돈이 좀 있는 친구였거든. 사업도 순탄했고. 나 하나 못살면 됐지, 마누라까지 고생시킬 필요는 없잖아? 안 그래? 그 지인에게 마누라를 소개해주고 노숙 좀 하다가 겨우겨우 한국으로 들어왔지. 들어온 지 얼마 안 돼서 여기 있는 재경 형님의 전화가 왔고. 택배기사 해볼 생각 없는지 물어보더라고. 내가 찬밥 더운밥 가릴 처지도 아니고 해서 바로 왔지. 그러고 보니, 올해로 벌써 3년째네.

힘든 거? 글쎄, 안 힘든 일이 있나? 일은 다 힘든 거지. 그래도 사업 망했을 때보다는 나으니까 다니는 거지. 노숙보다는 낫잖아? 수입도 나쁘지 않고 말이야. 사실 작년에 어머니가 돌아가셨거든. 요양병원에 5년 넘게 계셨는데 식물인간이셨어. 호흡기만 꽂고 계셨지. 그동안은 큰형님이 병원비를 다 냈는데, 큰형님도 2년 전에 사업이 망했거든. 이혼도 하고. 그때부터는 내가 냈지. 그래도 택배를 하니까 병원비가 감당이 됐지, 아니면 감당 못 했을걸? 마지막에 효도라는 걸 좀 한 거지.

아냐. 제사는 꿈도 못 꿔. 돌아가신 다음 해, 제사를 지내러 내려갔거든. 고향이 부산인데 서울에서는 멀잖아? 마침 그날이 화요일이었는데 물량이 가장 많은 날이잖아? 생물(당일 배송하지 않으면 상하는 식품)만 다른 기사들에게 부탁하고 하루 다녀왔는데, 말도 마. 두 번 다시는 하고 싶지 않아. 그 전날 물량에 당일 물량에, 그거 하루에 다 칠 수가

101

없거든. 차에 다 실리지도 않고. 오전 오후 두 번 나눠서 쳐도 말이야, 일요일까지 나와서 일했다니까. 그 뒤로는 제사고 뭐고 아예 안 가. 가고야 싶지. 하지만 갔다가는 어떤 꼴이 날 줄 아니까 엄두도 못 내는 거지. 이 일은 말이야, 사람 짓은 하나도 하고 살 수가 없어. 시간이 없거든. 일요일 하루 가지고 뭘 할 수가 있겠어. 그마저도 집에서 종일 자기 바쁜데. 일어날 기력도 없어. 일주일의 피로가 몰려오거든. 밥도 먹기 싫다고. 그렇게 종일 이불 속에 있다가 월요일에 겨우 눈떠서 나오는 거지.

낙? 아니, 작가 양반, 내 말을 허투루 들었네. 무슨 낙이 있겠어. 눈뜨면 택배를 밤늦게까지 돌려야 하는데. 거기다 비 오지, 눈 오지, 덥지, 춥지, 딴생각하다가는 배송할 곳 지나치지, 택배 오배송하지. 거 왜 좀비라고 있잖아? 딱 그거지 뭐.

깔끔하다고? 내가 좀 그래. 짐 정리는 면도날도 안 들어가게 깔끔하게 하지. 배송하다 턱이나 고바위를 만나면 짐이 쓰러지기 일쑤거든. 그럼 일이 늘어. 내 옆의 기사는 뭐 그렇게까지 하느냐고 하는데 그 친구야 구역이 평지니까 그렇지. 난 고바위가 많아. 이렇게 안 할 수가 없다고. 성격도 그렇고. 각이 안 맞으면 신경이 잡아 뜯기는 것 같아. 강박? 강박일지도 모르지. 하지만 어쩌겠어, 그게 내 성격인데. 출발 시간? 늦지. 남들 다 출발하고도 30분은 더 짐을 짜야 하니까. 방식을 바꾸라고? 바꾸긴 뭘 바꿔. 성격이 바꿔지나? 안 돼, 그런 거.

힘든 점? 글쎄, 다 힘들지. 그런데 일이란 게 그렇잖아. 하다 보면 익숙해지는 거지. 다른 기사들은 퇴근 빨리하려고 죽을 둥 살 둥 치는데 난 안 그래. 집에 가서 할 일도 없는데 뭘. 저녁에는 편의점 가서 도시락도 먹고 경비 아저씨들이랑 잡담도 하고 그래. 사람 사는 거 뭐 있나? 설렁설렁하는 거지. 시간당 타수? 한 오십 몇 개 나오나? 그래서 퇴근이 다른 기사들보다 30분에서 1시간 정도 늦지. 그럼 뭐 어때? 어차피 일찍 가봐야 걔들도 TV밖에 더 보겠어? 시간 그냥 버리는 건 걔들이나 나나 똑같은 거지 뭐.

이거? 무협지. 세상사 잊는 데 좋거든. 요즘엔 휴대전화로도 어지간한 건 다 볼 수 있으니까. 배송하다 쉴 때 한 대 피우면서 보지. 종일 보더라고? 내가 뭐 할 게 있나. 작가 선생, 내가 몇 번 말했어. 난 사는 데 낙이 없는 사람이야. 안 죽고 왜 눈을 떴을까? 하고 매일 생각한다니까?

치료? 그런 거 받아서 뭐 하게? 그냥 사는 낙이 없는 건데. 정신병이 아니야. 글쎄 전문가고 뭐고 나에 대해서는 내가 잘 알아. 허허, 선생 참 집요하네. 낙이 없다니까 그러네. 그래도 한번 생각해보라고? 음, 우리가 삼 형제야. 한 10년 뒤에 어디 시골에 집 짓고 형제들끼리 모여 살고 싶긴 해. 큰형님이 땅도 있고. 낙이라면 그 정도야. 꿈이지만 말이야.

언제까지 하긴 뭘 언제까지 해. 몸 성할 때까지는 하는 거지. 안 성하면 하고 싶어도 못 하는 거고. 지금부터라도 돈을 모으라고? 에이, 생각 없어. 방값 내고 끼니 해결하고 후배들 술 사주고, 참 그러고 보니 내가 낙이 하나 있네. 후배들이 음악을 하거든. 그런데 작가 선생도 알다시피 예술 하는 사람들이 가난하잖아? 내가 이 친구들을 좀 도와줘. 밥도 사고 술도 사고. 음반 제작하는 데 돈도 좀 보태고. 돈을 모아야 할 때 아니냐고? 밑 빠진 독에 물 붓기라는 뜻인 거지? 호구 짓 하지 마란 얘기 아냐? 뭐, 아니면 됐고. 매주 토요일 밤에 애들이 공연을 하거든. 동네 맥줏집에서 하는 조그만

무대야. 그럼 거기서 캐스터네츠도 치고 노래도 좀 부르지. 그러고 보니 그게 내 인생의 제일 낙이네. 그렇게 즐거울 수가 없어.

저축? 없어. 작가 선생 말이 맞아. 못 모은 게 아니라 안 모은 거지. 그냥 한 달 월급으로 한 달 사는 거야. 걱정? 없어 그런 거. 내일 죽어도 그만인데 걱정할 게 뭐가 있나? 난 그냥 오늘 눈떴으니 살아. 그게 나쁜가? 난 아무 고민도 없는데. 그러고 보니 오늘 토요일이네. 난 이제 씻고 공연장에 가봐야 해서. 그럼 작가 선생, 다음에 또 봅시다.

※ 이 글은 2021년 계간 《에픽》#05에 수록되었던 논픽션을 수정 보완한 것이다.

3부

누군가
누군가에게는

출간이 되자 지인 몇에게 연락이 왔다. 이전의 인간관계는 거의 사라졌지만 서넛은 남은 탓이었다. 퇴근 후 막 씻고 나오니 벨이 울렸다. 후배 J의 전화였다.

"형! 책 잘 봤어요. 드디어 작가가 됐네. 축하해요. 그렇게 힘들어도 글을 계속 쓰더니. 내가 그때 이미 형이 작가가 될 줄 알아봤지."

'설마?'

나조차도 몰랐던 걸 후배가 알았을 리 없다.

"별일 없고?"

칭찬도 어색해서 화제를 돌렸다.

"없어요. 일하고 애 키우고 그렇게 사는 거죠."

"없다니 다행이네."

"형은 여전히 택배하는 거예요?"

"먹고살아야 하니까."

"책 좀 팔리는 거 아니었어요?"

"좀 가지곤 못 먹고살지. 아주아주 많이 팔려야 택배를 관둘 수 있을걸. 그러니까 한 백만 부 정도?"

"그럼 내가 구십구만 부 사줄까요?"

"그럴 거면 책값을 그냥 날 주고."

"알았어요. 언젠가 내가 부자 되면 꼭 줄게요."

"응. 안 준다는 말로 알아들을게."

"그런데 형!"

슬슬 전화를 건 진짜 용건이 나올 모양이었다.

"A 형한테 보증 서준 거 있잖아요? 얼마였어요?"

"몇억 되지."

전화기 건너편에서 후배의 한숨이 들려왔다.

"어떻게 됐어요?"

"채무자의 흔한 결말이었지. 최고장이 오고, 법원에서 서류가 날아오고, 빚에 시달리고, 뭐 그런 일련의 과정들."

"저 사천 빌려줬거든요. 일 년이 넘었는데 못 받고 있어요."

후배의 신세 한탄이 이어졌다. 지인이나 친구 사이에 일어나는 돈거래의 흔한 결말. 누구는 피를 보고 누구는 입을 닦은 뒤 발 뻗고 자는 그런 이야기. 너무 흔한 얘기라서 당사자 말고는 지겨운 이야기. 1시간 정도 들어주자 통화가 끝났다. 전화를 끊고 잠시 지난 일들을 생각했다. 이제는 잊어버린, 기억조차 희미해져 먼지마저 내려앉은 그 과거를 말이다.

*

젊은 날엔 채무에 시달렸다. 원청이 고의부도를 내서 하청업체인 내게 빚이 생기고, 친구에게 보증을 섰다가 그 빚을 뒤집어쓰고, 지인에게 사기를 당해서 또 빚이 생기고, 갚아도 갚아도 원금은 고사하고 이자의 지옥에 빠져 사는 삶. 청춘의 대부분을 그렇게 살면 사람은 극단적인 생각도 하게 된다. 수없이 건물 옥상에 올라갔지만 고소공포증이 나를 살렸다. 빚을 갚기 위해 직업을 전전하면 사람이 그렇게도 되는 것 같다. 마음은 늘 울고 있었고 사는 게 버거웠다. 매일 내 안의 뭔가가 깨지고, 인간관계가 파탄 나고, 멸시와 모멸에 시달렸으니까. 채무자가 사는 흔한 삶이었다.

아픈 기억이 많다. 하지만 그것도 세월이 지나니 거의 잊어버리게 됐다. 빈곤 덕분이다. 가난이 아닌 빈곤에 몰리면, 사람은 당장 하루를 살아내는 것에도 급급해진다. 고통에 아파할 시간조차도 없는 것이다. 그렇게 살다 보면 과거는 자연스레 묻게 된다. 고통을 느끼는 것조차 사치이기 때문이다. 그 모든 일이 벌써 10년도 전이다. 아이러니하게도 그토록 힘들었던 택배가 나를 살렸고. 고통이건 뭐건 곱씹고 앉아 있을 시간이 없었다. 인생에는 항상 이면이 존재하는 것 같다. 어두운 면이 있으면 밝은 면도 있는 것이다.

물론 지금의 내가 그냥 생긴 것은 아니다. 택배를 하는 무수한 시간 동안, 택배 말고는 다른 일을 할 수 없으니 생각을 수없이 한 탓이다. 할 수 있는 모든 생각은 다 한 것 같다. 물론 대개는 과거의 나에 대해서다. 처음에는 남에 대한 원망이었지만 결국, 자신에 대한 원망에 도달하게 됐다. 허투루 살았다는 것을 뼛속 깊이 느꼈다. 자신의 역량을 몰라서, 사람을 몰라서, 인생을 몰라서, 무엇보다 삶을 가볍게 생각해서 그 모든 문제가 생겼다는 것을 알게 됐다.

그리고 그것이 오만이다. 자신에 대해 몰라서 생기는 오만. 알지 못하는 것을 안다고 착각하는 데서 오는 오만. 나는 그 대가를 오랜 시간에 걸쳐 치렀다. 앞으로도 얼마나 치러야 할지는 모르겠다. 다만 분명한 것은 남 탓할 일은 아니라는 거다. 시험받지 않은 우정을 의리니 뭐니 입에 달고 살고, 잘 알지도 못하는 사람을 안다면서 지인의 테두리에 두고, 욕망에 빠져 사는 재주도 없으면서 현실에서 이전투구를 했으니, 나 같은 성질 나쁜 토끼가 사냥꾼의 모닥불 위에 놓인 냄비 안의 스튜가 되는 건 정해진 결말이었을 거다. 인과응보라고 생각하고 싶진 않다. 그렇게까지 생각하면 내가 너무 손해 보는 기분이다. 다만, 그들이 나에게 개새끼였듯, 나도 누군가에게는 개새끼였을 거다. 훨씬 더 많은 사람에게 나 역시 개새끼였을 거다. 당해도 싸다는 뜻이 아니다. 당해도 싼 인간은 세상에 없다. 다만 의도했든 아니든 누군가 누군가에게는 개새끼가 된다. 나라고 예외일 수는 없다. 그런 생각으로 과거는 털어버렸다. 몇 년의 시간이 걸린 것 같다. 택배 덕분이었다.

택배는 내게 구속이었다. 독방에 갇힌 죄수가 된 기분이었다. 새벽에 나가 매일 밤 두세 시에 마치니 사람을 만날 시간도 없고 일요일 하루도 잔다고 바빴다. 무엇보다 아무리 힘들어도 나 혼자서 그 모든 걸 끝낼 수밖에 없었다. 도와주는 이도 말을 거는 친구도 없었다. 있었다 해도 고향을 떠나 거제도와 서울에 있었으니 마찬가지였을 거다. 노동과

적막과 고독뿐이었다. 벗어나려고 온갖 발버둥을 쳤다. 지랄
발광이 따로 없었다. 결국 포기했다. 방법이 없었다. 하지만
인간이란 대개의 상황에 적응하게 된다. 도망갈 수 없으면
그렇게 되는 거다. 나처럼 의지박약인 인간이 이십 대에 독
립하지 못하면, 나이 들어 이렇게 비싼 대가를 치러야 하는
것이다.

지금의 나는 사람을 만나지 않는다. 좀 더 정확히 말하면
나를 견디지 못해 억지로 누군가를 만나지는 않는다. 예전
의 나는 그러지 못했다. 누군가를 감정 쓰레기통으로 삼고,
또 누군가에게는 감정 쓰레기통이 되어 그걸 우정으로 포장
하며 살았다. 연애도 마찬가지였을 거다. 다른 사람들은 어
떤지 모르겠지만 혹여 필요할 때, 그것이 감정이든 물질이
든 아무튼 상대에게서 받을 수 있는 보험을 들어둔다는 생
각이 나의 무의식에 깔려 있었을 거다. 그러니 과거의 나는
인간관계가 파탄 난 것도 아니다. 애초에 관계 자체가 존재
하지 않았으니까. 혼자서 배송을 하고, 그렇게 늘 혼자로 산
연후에야 비로소 뒤늦게 깨달은 사실이다.

과거의 나는 자신을 마주하는 것이 두려워서, 그저 자신
의 그림자에 놀라, 타인에게로 도망만 쳤을 뿐이다. 하지만
막상 마주해 보니 두려울 것도, 자기 그림자에 놀랄 일도 아

니었다.

'어라? 친구 없어도 살아지네!'

'어라? 혼자 사는 게 훨씬 편하네!'

'어라? 나 무척 의존적인 인간관계로 살았네!'

'어라? 고독하면 사람이 혼자서 설 수 있는 거구나!'

'어라? 어라? 어라?'

그렇게 하나둘 나름대로 삶을 다시 볼 수 있었다. 시선이
바뀐 거다. 그렇게 시선이 바뀌니,

'아, 천국의 문은 지옥 뒤에 있는 거구나.' 싶었다.

'어라? 어라? 어라?'

그물에 걸리지 않는 바람처럼, 소리에 놀라지 않는 사자
처럼, 무소의 뿔처럼 혼자서 가라고 부처는 말했는데, 왜 혼
자서 가랬는지 그제야 조금 이해될 듯했다. 그런 시간이 없
었다면, 또 지속되지 않았다면, 나라는 인간은 절대 성장할
수 없었을 거다. 비록 1센티미터라도 말이다.

물론 내가 원해서 그리된 것은 아니다. 생활이라는 감옥
이 무너지는 바람에 어부지리로 얻은 것일 뿐. 머리가 나빠
서 똥인지 된장인지 찍어 먹다가 얻은 것이다. 하지만 원인
이야 어떻든, 택배를 하던 어느 날 뭔가 툭, 하고 끊어지는
것을 느꼈다. 발치를 보니 내가 들고 있던 짐이 땅에 떨어져

있었다. 고통이 인간을 붙잡고 있는 게 아니라 인간이 고통을 붙잡고 있다는 부처의 말은 사실이었다. 나는 엘베 안에서 무거운 가방을 줄곧 양손에 들고 있었던 거다.

딱히 고독을 견딘 건 아니다. 도망치지 못했을 뿐이지. 하지만 그 녀석이 내게 인생을 가장 많이 가르쳐준 것 같다. 대단한 건 아니겠지만 말이다.

비로소 '나'라는 인간을 '나' 혼자서 견딜 수 있게 된 거다.

영화배우 찰스 브론슨이 어느 인터뷰에서 이런 말을 했다.

"친구를 갖지 않을 이유란 없죠. 오히려 그 반대가 맞지. 하지만 난 친구들에게 시간을 줄 마음이 없다면 친구를 가져선 안 된다고 생각합니다. 난 누구에게도 시간을 주지 않소."

우정을 몰라서가 아니라 그 무게를 알기 때문이었다는 것을 이제는 이해한다.

과거의 나는, 나를 견디지 못해 사람에게 기대고 살았다. 그런 인간관계라면 친구가 없어도, 지인이 없어도, 오히려 없이 사는 것이 훨씬 나은 삶이다. 본인에게나 상대에게나 민폐일 뿐이다. 이 당연한 사실을 깨닫는 데 나는 얼마나 많은 시간을 썼던 것일까?

전화를 끊기 전 후배가 말했다.

"A 형이 울산 내려오면 친구끼리 한잔하자던데요."

잠시 침묵이 흘렀고, 과거의 공기가 얼마쯤 내게로 왔다. 뜸을 들인 후 짧게 대답했다.

"난 누구에게도 시간을 주지 않아."

그러자, '이 형이 또 시작이네.'라는 듯한 후배의 한숨 소리가 들려왔다.

라면 먹고
갈래요?

배송 구역에 군인 사택이 있다. 엘베 없는 5층 건물이라 이삿짐 일부가 택배로 오면 땀 좀 흘리게 된다. 다행히 물량이 적은 월요일이라면 부담이 덜하다. 대형 박스 9개. 하나씩 계단 위로 굴려 올리기 시작했다. 마음만 급한 초보 때는 한 번에 들 수 있는 만큼 들거나 지고 5층까지 올라가지만, 베테랑이 되면 적당히 들고 2, 3층에 놓고 서너 번 왔다 갔다 한다. 그러고는 다시 2, 3층에서 5층까지 올리는 거다. 거기서 더 요령이 생기면 아예 박스를 굴려 올린다. 되도록 힘의 최대치는 쓰지 않는다. 체력이 고갈되고, 심하면 그로기 상태가 되기 때문이다. 또, 당장은 표시가 잘 안 나지만 시간이 지날수록 피로가 누적된다. 늙어서 골병든다는 말이 딱 맞게 되는 거다. 배송의 요령은 최소한의 힘으로 꾸준히 하는 거라 서두르면 안 된다. 서두르는 만큼, 빨리 가는 게 아니라 돌아가게 된다. 배송해야 할 집을 지나치거나 체력이 빨리 소진되어 쉬는 시간이 길어지기 때문이다. 성질 급한 나는 그런 요령을 배우는 데 시간이 꽤 걸렸다.

첫 박스를 놓고 내려놓는데 문 앞에 메모가 눈에 띄었다.

'무거워서 죄송해요. 약소하지만 드시고 하세요.'

박스를 열어보니 과자, 음료, 과일이 넉넉하게 들어 있었다. 짐을 다 옮기고 난 후 고객에게 문자를 보냈다.

'감사합니다. 잘 먹겠습니다. 하지만 다음에는 마음만 받겠습니다.'

진상과 친절한 사람의 비율은 비슷하다. 대개 무관심하고. 나로서는 무관심한 쪽이 좋다. 일면식조차 인간관계를 맺고 싶지 않기 때문이다. 하지만 친절한 사람을 만나면 어쩔 수 없이 감사하게 된다. 그래도 세상은 살 만한 곳이구나 싶어서다.

마지막 집을 배송하려고 차에서 내리는데 개를 데리고 다니는 여인이 한마디 했다.

"아저씨! 왜 자꾸 절 따라다녀요?"

난데없는 애드립에 상황 파악이 되지 않았다.

"제가요?"

그러니 뭔 얘기인지 모르겠다는 대답부터 튀어나올 수밖에.

"아까부터 차 타고 제 뒤를 졸졸 따라왔잖아요."

눈 좀 흘겨본 솜씨였다. 아래위로 훑어보는 시선에는 '당신 따위가?'는 표정도 묻어 있었다. 택배는 버스와 같아서 동네 일부를 순서대로, 정해진 골목 순으로 간다. 당연히 산책 나온 주민과 동선이 겹칠 수도 있다. 그걸 따라다닌다고 말하면 황당할 따름이다. 하지만 과거의 나라면 몰라도 보통 이런 경우 상대하지 않는다. 그래도 예외는 있다. 부지불식간에 당하는 경우다. 이때는 소인배의 소갈머리가 툭, 튀어나온다.

"선생님. 개를 따라다닌다고 뭐라고 하시면 이해됩니다. 암컷인지 수컷인지 모르겠지만 아무튼 귀여운 개니까요. 하지만 전 인간 따위는 따라다니지 않아요. 사람 잘못 보셨습니다."

대답은 듣지 않은 채 마지막 집으로 발걸음을 옮겼다.

'한 방울의 법칙'이 있다. 내가 붙인 이름이다. 흙탕물을 희석하는 데 정수된 한 방울은 의미가 없다. 반대로 맑은 물을 흐리는 데는 먹물 한 방울이면 된다. 사람의 마음이 그렇다. 친절은 쉽게 잊어버리지만 불쾌한 일은 한 방울만으로도 하루의 기분을 망치는 데 충분하다. 그래서 어지간해서는 피하려 하지만, 성질머리를 바꾼 게 아니라 숨기고 사는 인간은 이런 때 본성이 드러난다. 하고 나선 후회하고. '도대체 나라는 인간은 성장이 안 되는군!' 싶다. 일본 만화『루팡 3세』에 나오는 검의 달인 고에몽은 검을 휘두르며 적을 물리친 뒤에 항상 이런 대사를 한다.

"오늘도 쓸데없는 것을 베어버렸군."

딱 내 기분이 그랬다.

퇴근하는 길에 팀장의 전화가 왔다.

"작가님. 좋은 소식입니다."

첫 책『침입자들』은 2쇄가 소진된 뒤 판매가 주춤한 상태였다. 한 번 판매가 떨어진 책은 다시 증가하는 경우가 드물다. 여기까지라고 봐야 한다. 그러니 딱히 좋은 소식이 올 게 없었다.

"이번에 아르코에 선정됐습니다."

아르코? 뭔 소리인지 알 수가 없다. '불어인가? 레지옹 도뇌르 훈장 비슷한 건가? 내 책이 불어로 번역되지는 않았는데? 하긴, 프랑스가 뭐가 답답해서 내게 그런 걸 줄까.'

싶었다.

"아르코요?"

"아, 한국문화예술위원회라고 있는데 흔히 아르코라고 합니다. 거기에서 문학나눔 도서보급사업을 합니다. 일정 기간마다 선정하는데 소설 부문에 작가님 책이 선정됐어요. 선정되면 아르코에서 칠백 권을 구매해 전국 도서관에 배포합니다."

7만 권이라면 놀랐을 텐데 700권이라는 말에 기분이 그냥 그랬다. "아, 그런가요."라며 심드렁하게 대답했다.

"작가님, 여기 선정되는 게 쉬운 일이 아닙니다. 나중에 인터넷 한번 찾아보세요. 저희 출판사에서도 이런 경우는 흔치 않아요."

다시 "아, 그런가요." 했다. 정부 기관이 쪼잔하게 700권이 뭔가 싶었다.

"도서관에 보급되고 대출하는 사람이 늘면 작가 인지도도 올라가니 다음 책에 도움이 될 겁니다. 선정 자체도 책의 가치를 인정받은 거고요."

팀장은 무척이나 기쁜 눈치였다. 나는 여전히 '음, 700권이란 말이지.'라는 생각만 하고 있었다. 인세를 계산해봤다. 100만 원 언저리였다.

"그나저나 별일이네요. 국가가 제게 가진 관심이라고는 군대와 세금밖에 없었는데 말이죠."

'이 작가가 또 시작이네.' 싶은지, 프로 편집자인 팀장은 내색하지 않고 말을 돌렸다.

"이런 관심은 가져줄수록 좋습니다. 정말 축하드립니다! 작가님."

전화를 끊자 중국 작가 위화의 인터뷰가 생각났다. 사람들이 해적판으로 당신의 책을 읽는데 어떻게 생각하느냐고 묻자 이렇게 대답했다.

"해적판으로 읽는 대부분의 사람이 책값도 버거운 가난한 농민공들일 겁니다. 그들의 삶에 제 소설이 도움이 된다면 그걸로 충분하지요."

기억이 가물가물해서 정확하진 않지만 대략 이런 맥락이었다. '아, 이것이 광활한 대륙의 스케일인가? 아니면 베스트셀러 작가의 곳간에서 나는 인심인가?' 싶었다. 그러나 나 같은 듣보잡은 고작 '700권을 한 책당 10명이 빌려 본다면 7,000부인데 난 그걸 팔 수 없단 말이지.' 같은 생각밖에 들지 않았다. 나 역시 도서관에서 엄청나게 대출해서 읽은 주제에 말이다.

퇴근 후 씻고 전 PD를 만나러 동네 커피숍으로 갔다. 이번이 다섯 번째 만남이지 싶었다.

두 번째 만났을 때는 삼겹살집이었다. "작가님, 술이나 한잔하시죠."라는 말에 불려 간 자리였다. 한국 남자들의 술자리가 대개 그렇듯 몇 순배의 술이 돌고, 잡담이 오가고, 조금 편해지자 형 동생의 호칭으로 바뀌었다. 첫 만남 때보다 어색함은 덜했다.

"그런데 형님, 『침입자들』은 정말 핸드폰으로 쓰셨어요?"

지난번 만남에 얼핏 한 얘기를 전 PD가 꺼냈다.

"처음에는 노트북으로 썼지. 그런데 퇴근하고 쓰다가 졸았거든. 난 소주를 옆에 두고 마시면서 쓰는데 갑자기 지지직, 하지 뭐야. 겨우 깨서 자판을 닦고 키보드를 치는데 먹통이더라고. 수리하러 가니까 이건 못 고친다네. 음, 글은 써야 하는데 노트북은 없고, 노트북 살 돈도 없고, 할 수 없이 핸드폰에 소설을 쓰기 시작했지."

"와, 그게 돼요?"

감탄스러운 표정이었다.

"그게 어려우면 카톡도 어렵겠지. 다들 길게 잘도 쓰는 것

124

같던데 뭘."

전 PD의 표정은 여전했다.

"이제는 글 쓰실 때 술은 안 드셔야겠어요."

걱정 어린 말투였다.

"술을 왜? 잠이 와서 그런 건데. 잠이 문제지 술이 왜 문제야?"

'엉?' 하는 전 PD의 표정이 눈에 들어왔지만 이내 사라졌다. 역시, 만렙이었다.

"형님, 저희 사무실에 남는 중고 노트북이 있는데 하나 드릴까요?"

"중고? 아무도 안 써? 중고라면 괜찮지. 어차피 나야 타자만 되면 되니까."

"예. 제가 챙겨서 택배로 보내드릴게요. 이제는 노트북으로 편하게 쓰세요." 뭘 이렇게까지 챙겨주나 싶어 술이나 마셨다. 기분이 나쁘지는 않았다. 그날, 꽐라가 됐다. 택배가 온 것은 다음 주였고. 막, 결제한 것이 분명한 신제품이었다.

세 번째는 중국집이었다. 일요일 정오에 만나 고량주를 마셨다. 안주로 탕수육, 팔보채, 라조기가 나왔다.

"둘이서 마시는데 무슨 잔치를 벌이고 그래?"

내가 물었다.

"형님, 이 정도는 드셔야죠."

'이걸 다 먹을 수 있다면 내가 먹방을 찍지 글은 뭣 하러 쓰겠냐?' 싶었지만 상대의 호의라 입 닥치고 있었다.

"그리고 이건 계약서인데요."라며 전 PD가 서류를 내밀었다.

"웬 계약서?"

"전에 시나리오 작업에 관심 있다고 하셨잖아요. 형님과 계약하려고요. 금액은 얼마 안 되지만 진행이 잘되면 더 올려드릴 수도 있어요."

관심 있다고 얘기했지만 실제로 계약을 하자고 할지는 몰랐다. 시나리오 금액도 계약 선급금도 나쁘지 않았다. 영화계라……. 뭔가 은막에 발을 딛는 기분이었다.

"전화 좀 해도 될까?"

"형수님에게 하시려고요?"

고개를 끄덕이곤 아내에게 전화했다. 얘기를 듣자 나와 같은 기분이 된 것 같았다.

"사인하시겠어요?"라고 물어서 계약서를 훑어본 후 서명을 했다. 사인 같은 건 없으니 그냥 이름 석 자만 썼다. 서류를 받은 전 PD는 바로 계약금을 이체했다.

"시나리오는 쓰지도 않았어. 분량 나오는 거 보고 해도 되잖아."

전 PD가 내 말에 빙긋이 웃었다.

"저희가 양아치입니까? 작가님 돈도 안 주고 일을 시키
게요?"

책도 선인세가 있다. 보통 100에서 200 정도다. 직업이
있으니 내겐 필요 없다. 결과적으로 가불이니까. 때꺼리^{(끼닛}
^{거리의 경남 방언)}가 없다면 몰라도 내키지 않는다. 이번에는 달
랐다. 영화판이라는 곳에 관심이 있었으니까. 이런 식으로라
도 코가 꿰이고 싶은 건 내 쪽이었다.

그날, 또 꽐라가 됐다.

첫 작업은 윤색이었다. 김언수 작가의 『설계자들』. 한 십
년 전에 읽어서 내용이 도통 기억나지 않았다. 의뢰를 하며
전 PD는 이렇게 말했다.

"각색은 원작을 재창조하는 거고요. 윤색은 기존 시나리
오의 대사나 플롯을 조금 손보는 거예요. 하신다면 오백을
지급해드릴 겁니다. 작가님 실력에 비해 약소하지만 그래도
처음이시니까 양해 부탁드립니다."

'대충 손만 보면 된다고? 휴일에 하루 읽고, 다음 휴일에
하루 고치면 되겠군. 이틀에 오백이면 나쁘지 않네.'라고 나
좋을 대로 생각했다. 사람이 뭘 아는 게 없으면 이리 된다.

메일로 시나리오를 받아 출력해 읽었다. 어쩐지 글이 눈에 잘 들어오지 않았다. 대충 훑었다.

'이거 시나리오란 게 내 생각과 많이 다른데. 읽는 재미가 없잖아.' 싶었다. '읽어 보고 결정하랬으니 일단 읽었고, 결정은 안 하는 쪽으로 하면 되겠군.'이라며 또 내 편할 대로 생각하곤 한쪽에 처박아 두었다. 얼마 후 전 PD에게 전화가 왔다.

"형님, 읽어보셨어요?"

기대가 담긴 목소리였다.

"응. 좋던데. 내가 윤색할 필요도 없겠어. 원작의 의도도 잘 담겨 있고 말이야."

아무리 나라도 면전에 대고 '재미없으니 하기 싫어.'라고 하진 못한다. 하지만 이 바닥의 베테랑인 전 PD는 이내 나의 교활한 간계를 알아채고는 물었다.

"형님, 제대로 읽어보셨어요?"

뜨끔했다. 하지만 거짓말을 한 이상 끝까지 밀고 나갈 수밖에 없었다.

"응."

하지만 전 PD는 내 목소리의 미세한 떨림까지 이미 캐치한 것 같았다.

"형님. 그러지 마시고 제대로 한 번 읽어보고 다시 얘기하는 게 어떨까요? 원작도 꼼꼼하게 읽어보시고요."

역시 들킨 것이다. 하지만 이왕 한 거짓말 또 한 번 밀고 나갔다.

"알았어. 다시 읽어볼게. 별 차이는 없을 것 같지만 말이야."

전화를 끊고 나서 이제야 발등에 불이 떨어졌다 싶었다. 상대에게 들켰으니 최소한 거짓말이라도 무마해야 한다. 문제는 책을 읽을 시간이 없다는 거였다. 궁리 끝에 결국 전자책을 구매했다. 비록 기계음이지만 듣기 기능이 있어 책 전체를 읽어주기 때문이다. 배송 때 배송 말고는 할 수 있는 게 없지만 듣는 건 가능할 것 같았다. 그리고 이 결정은 추후 나의 생활에 큰 영향을 미치게 된다.

월요일부터 들었다. 보통 책 한 권은 8~10시간 정도면 들을 수 있다. 『설계자들』은 분량이 좀 돼서 다음 날까지 들어야 했다. 화요일은 밤 열 시에서 열두 시까지 일해서 마치기 전에 책 한 권을 다 들을 수 있었다. '이 재미있는 책이 왜 내 기억에 없지?' 싶었는데 아마 대충 훑기만 했던 것 같다. 들으면서 바로 편집했다. 시나리오에 쓸 부분과 버릴 부분. 쓸 부분은 책갈피로 표시했다. 나중에 아내에게 그 부분만 타자를 해달라고 할 생각이었다. 그다음 시나리오를 정독했다. 읽고 나서 내가 생각하는 기존 시나리오의 문제점을 A4 두 장 정도로 요약해 전 PD에게 메일로 보냈다. 그 주 일요일에 닭집에서 만났다.

"저희 대표님이 메일 읽으시고 충격받으셨어요."

"왜?"

"저희 생각과 형님 생각이 많이 달라서요."

"보는 시각이야 사람마다 다를 수 있는 거지."

"그럼 윤색 한번 해보시겠어요?"

"아니."

"예?"

그렇게까지 해놓고 안 한다니 말이 되냐는 표정이었다.

"각색할게."

"예?"

이번에는 정말 놀라는 표정이었다.

"형님, 각색은 최소 삼천부터 시작해요."

'검증도 안 된 형님에게 그렇게 줄 순 없어요.'는 생략된 것 같았다.

"오백에 하지. 그럼 문제없잖아?"

업계의 물을 흐리고 있다는 걸 그때는 몰랐다. 모를 수밖에 없는 것이 영화판은 처음이었으니까. 하지만 원작을 읽고 나자 윤색보다는 각색에 끌렸다.

"아니, 그래도 오백에 윤색이라면 몰라도 각색은……."

말은 그랬지만 딱히 손해 볼 것은 없다는 내심이 보였다.

"그게 좋잖아? 피디지만 아무튼 직원이니 대표님에게 보고하기도 덜 부담스러울 거고 말이야."

전 PD가 생각해보는 듯했다.

"각색은 시간이 오래 걸리는데……. 저희도 이 시나리오를 삼 년 넘게 만졌어요. 백육십 고가 넘는다고요."

"한 달."

"예?"

이번에는 더 놀라는 표정이었다.

"A4 100장. 대사와 신 위주이니 여백이 많아. 소설 분량으로 치면 A4 한 장이 시나리오 두 장 분량이야. A4 50장의 소설을 쓰는 거지. 휴일에 내가 10시간 작업하면 대략 10장을 써. 시나리오는 20장을 쓸 수 있다는 얘기지. 그럼 4주에 80장. 평일에 퇴근해서 수정, 퇴고하고 나머지를 좀 보완하면 한 달이면 되는 거지. 무엇보다 원작이 있으니 플롯이나 대사 등도 이미 넘치고 말이야."

믿기지 않는다는 표정이었다.

"형님. 보통 작가들이 시나리오 쓰는 데 일이 년은 기본이거든요."

"난 그런 거 몰라. 그냥 내 계획이 그렇다는 거지."

이걸 믿어야 할지 말아야 할지 모르겠다는 눈빛이었다.

"일단 대표님께 말씀드려 볼게요. 오케이하시면 감독님께도 여쭤봐야 하고요."

"감독? 벌써 감독이 정해졌나?"

"영화는 시나리오 나오면 감독과 주연배우부터 섭외해요. 오케이하면 본격적으로 진행하고요."

그렇다니 그런가 보다 했다.

"감독이 누군데?"

"허진호 감독님이요."

"웅?

물고 있던 담배를 떨어뜨렸다.

"8월의 크리스마스? 봄날은 간다?"

"예."

젠장, 또 일을 저질렀구나 싶었다. 하지만 여기까지 온 거, 싫든 좋든 라면을 먹고 갈 수밖에 없었다.

두려워서
그래요

아침에 본사 사무실로 불려갔다.

"이해가 안 되는 게 있어서요."라며 직원으로부터 호출이 왔다. 가보니 담당자가 앉아서 고개를 까딱하더니 허리를 곧추 펴고 앉은 채로 물었다.

"이거 파손 언제 찍은 겁니까?"

순간 기분이 상했다. '이 자식 봐라.' 싶어서.

나는 개인 집화를 받지 않는다. 번거롭고 시간이 걸리고 돈이 안 되기 때문이다. 개인이나 회사가 택배기사를 통해 물건을 보내는 걸 '집화'라고 하는데 물량이 많으면 물론 돈이 된다. 서너 거래처에서 많이 가져올수록 그렇다. 배송과 집화를 합쳐 연봉 1억을 넘게 버는 기사들도 꽤 있다. 하지만 집화는 배송을 마치고 당일 터미널에 다시 와서 보내야 하기 때문에 더 늦게까지 일해야 한다. 거래처를 만드는 것도 쉽지 않지만 그렇게까지 해서 돈을 더 벌고 싶지도 않다. 때문에 배송처인 약국에서 몇 개만 보내자고 할 때도 처음에는 거절했다. 하지만 아쉬운 얼굴로 계속 부탁해서 할 수 없이 받았다.

결국 일이 터졌다. 어느 날 물건 4개를 받아서 보냈는데, 그중 3개의 배송지 주소를 약사가 잘못 체크한 것이다. 다행히 배송지 근처의 담당 기사도 아직 배달 전이라 다시 내쪽으로 돌려보내달라고 요청할 수 있었다. 여기까지는 괜찮았다.

문제는 컨테이너에서 박스 안에 있던 아이스팩이 터졌는지 물건이 젖은 채로 돌아왔다는 거다. 보통 이럴 때는 기사가 분류 도급사로 가서 파손 스캔을 찍는다. 상품이 레일로 내려올 때 도급사 직원이 상태를 보고 찍어주기도 한다. 그럼 면책이다. 이전 구간의 터미널에서 문제가 발생했다 판단하고 그쪽에서 물건값을 문다. 여기서 내 실수가 발생했다. 물건 3개 중 2개는 파손 스캔을 확인했는데, 나머지 1개는 도급사 직원이 어련히 알아서 찍었겠구나 하고 그냥 넘어간 것이다.

　약사로부터 전화가 왔다.

　"기사님, 이거 제약 박스가 손상되면 반품이 안 되는 거예요. 선물용이라 박스가 비싼 거거든요. 한 박스에 팔십오만 원이나 한다고요. 다 젖었는데 이거 어떡해요?"

　이래서 내가 집화를 안 받는 거다. 사고 발생의 소지가 많기 때문이다. 게다가 계약을 하고 받은 집화가 아닌, 개인으로 받은 물건은 회사 규정상 50만 원이 보상 상한선이다. 약사에게 보상 규정과 절차를 설명하고 전화를 끊었다. 다음 달 월급에서 50만 원이 공제되겠지만, 이왕 벌어진 일 생각하면 뭐하나 싶어 잊어버리고 있었다. 하마터면 150만 원을 물 뻔했는데 그나마 다행이다 싶어서. 그런데 본사에서 전화가 온 것이다.

　규정대로 처리하면 되지 왜 부르나 싶어 갔더니 파손을 언제 찍었냐고 물었다. 파손이 발생하면 배송기사는 물건이 도착하고 30분 내에 확인 스캔을 찍어야 한다. 그 시간을 넘기면 물건을 받은 배송기사가 오롯이 책임을 물게 되어 있다. 전산에 분명히 물건 들어온 시간과 스캔한 시간이 30분 내로 찍혀 있을 텐데도 묻는 이유는 하나였다. 나한테 더 떠넘길 여지가 있나 살펴보는 것일 테지.

"전산에 나와 있지 않나요?"

"나와 있기는 한데 혹시나 싶어서요."

"도급사에서 찍혀 내려왔습니다."

"하나는 안 찍혔네요. 그래도 오십만 원 돈인데 걱정되시겠어요?"

전혀 걱정하는 말투가 아니었다.

"가봐도 됩니까? 짐을 짜야 해서요."

듣고 있기 귀찮아서 말을 잘랐다.

"아니, 기사님. 돈이 오십만 원이에요. 이게 적은 돈도 아니잖습니까?"

나를 보는 것 같았다. 거짓말도 어쩌나 티가 나는지.

"물건 세 개가 한 번에 내려왔는데 두 개가 젖어 있었습니다. 그럼 나머지 하나도 젖어서 왔다고 봐야죠. 마침 스캔을 안 찍은 하나가 제 차에 실려 있다가, 또 마침 아이스팩이 터져서, 또 마침 나머지 물건들을 물에 젖게 만드는 경우의 수가 얼마나 될까요? 아마도 지극히 희박하겠지요. 합리적으로 생각해보면 세 개가 이미 다 젖어서 내려왔다고 보는 게 맞습니다. 제가 스캔을 하나 놓쳤을 뿐이지요. 그렇다면 답은 간단합니다. 스캔은 안 찍었지만, 터미널 간의 운송 과정 중에 파손이 있었던 것으로 보아 담당 배송기사에게는 책임이 없다. 회사 규정과 상관없이 기사 면책으로 판단된다. 회사에 이렇게 보고하실 수 있으신가요?"

담당자는 말이 없었다.

"스캔을 언제 찍었냐고 물어보셨는데, 만약 제가 스캔을 찍었다면 상품이 제게 떨어지고 30분 이내인지 아닌지 따져서 나머지 금액도 제게 물리려는 거 아닙니까?"

"아니, 저는 오십만 원이 저나 기사님에게나 다 큰돈이니까……."

담당자가 뒷말을 흐렸다.

"어차피 제가 물 거고, 고려해줄 것도 아니지 않습니까? 해주실 겁니까?"

담당이 눈길을 피했다.

"그럼 돈이나 물면 됐지, 안 될 걸 왜 부탁하게 합니까? 그건 구걸이지 않습니까? 구걸한다고 동전을 던져줄 것도 아니고요. 돈 물면 됐지, 구걸까지 하란 말씀인가요?"

사무실 직원들이 모두 나를 보았다. 그러거나 말거나. 대답을 하지 않아서 사무실을 나왔다.

다시 짐을 짜면서 생각했다. 담당자의 행동을 이해 못할 바는 아니다. 나는 저 나이 때 더 했다. 오만방자함이 하늘을 찔렀고 갑질도 많이 했다. 대충 좀 바보처럼 굴면서 한 귀로 듣고 한 귀로 흘려버리는 것이 사회생활의 요령이라는 것도 알고 있다. 그러니 고개만 좀 끄덕이다가 나와도 됐다. 까짓 것, 상대가 갑질하고 싶다면 비위를 좀 맞춰줄 수도 있었을 거다. 왜 그러지 않았을까?

열등감이었다. 상대에게 아랫사람 취급받는다는 열등감. 오만함이 자리를 비우자 이제는 열등감이 차고앉은 거다. 그 감정이 나를 부여잡고 있었던 거다. 고에몽의 대사를 내뱉지 않을 수 없었다.

"젠장, 오늘도 쓸데없는 것을 베어버렸군."

*

오후에 아내와 함께 광화문 쪽으로 갔다. 약속 장소는 카페 겸 서점이었다. 허진호 감독과 전 PD는 아직 도착하지 않았다. 커피를 시킨 후 책방을 둘러보는데 마침 내 책 『침입자들』이 진열되어 있었다. 어라! 싶은 반가움에 아내에게 사진을 찍어 달라고 했다. 그때 한 중년의 여성이 다가와 말했다.

"손님, 여기서 사진 찍으시면 안 됩니다."

단호한 말투였다. 그 말에 책장 위를 보니 '사진 찍지 마시오.'라고 적힌 푯말이 있었다.

"죄송합니다. 제 책이 보여 반가워서 그만 실수했습니다."

"제 책이라고요? 혹시 작가님이세요?"

전혀 그렇게 안 보인다는 표정으로 여성이 물었다. 하긴 뭐, 작가 얼굴이란 게 따로 있는 건 아니지만 나도 간혹 거울을 보며 산다. 딱히 작가 얼굴 같지는 않다.

"이게 제 소설입니다."

책을 손가락으로 가리키며 말했다.

"어머. 그럼 찍으세요. 그리고 연락처도 하나 적어주시겠어요?"

"연락처요?"

"저희 서점에서 작가님께 북토크를 요청드릴 수도 있을 것 같아서요."

딱히 요청할 것 같진 않았다. 사진 찍지 말라는 얘기를 한 게 겸연쩍어서인 것 같았다. 그래도 사진을 찍고 연락처를 적어주긴 했다. 역시, 연락이 오진 않았다.

전 PD가 도착하고 얼마 안 있어 허진호 감독이 도착했다. 티비에서 본 모습과 다를 바가 없었다. 인사를 하고 소소한 얘기를 나눈 뒤 일 얘기로 들어갔다.

"시나리오는 어떻던가요?"

허 감독이 물었다.

"글쎄요. 김언수 작가님이 정원에 별을 뿌려놓으셨는데 시나리오 작가님은 흙만 주운 것 같습니다."

허 감독이 웃으며 다시 물었다.

"그 정도입니까?"

"제가 보기엔 그렇습니다."

"그럼 작가님은 어떻게 쓰실 생각이십니까?"

조용하고 나긋하며 무척이나 느린 목소리였다.

"일단 도입부는 뺄 생각입니다."

"전 소설의 도입부가 너무 좋던데요?"

조금 놀라는 표정이었다.

"소설로서는 좋습니다. 하지만 영화 도입부로는 유치하다고 생각합니다."

"예? 유치요?"

"예. 유치합니다."

허 감독은 그저 자그맣게 웃기만 할 뿐이었다. 역시, 한국 영화사에 남을 대감독이다. 이따위로 말하는 인간에게 얼굴 하나 붉히지 않았다.

"그리고 공장에서 일하는 부분도 뺄 생각입니다."

"예? 아니, 전 그 장면이 아련하고 좋던데요?"

"글쎄요. 유치하던데요."

"그것도 유치합니까?"

"예. 유치합니다."

허 감독이 난감한 표정을 지었다. 화가 난 건 아닌 것 같았다. 기껏 초짜 작가에게 화를 내기에는 대감독의 풍모가 있었고 또 보였다. 그저 다른 사람의 의견도 진심으로 생각해보는 것 같았다.

"그럼 작가님은 어떤 식으로 하실 건가요?"

"첫 장은 도서관 회의 장면을 롱테이크로 잡을 수 있게 쓰겠습니다. 한 신에서 전체 내용이 다 설명될 수 있게요. 그리고 래생과 미토 중심으로 플롯을 재구성할 생각입니다."

"그럼 얘기가 많이 줄지 않나요?"

"부족한 건 제가 채울 생각입니다."

허 감독은 고개를 갸웃했다. 이 듣보잡을 믿어야 할지 말아야 할지, 일을 맡겨도 될지 아닐지 고민하는 듯했다. 하지만 난 어차피 소설가이지 시나리오 작가도 아니고, 게다가 처음이니 주면 주고 말면 말고 싶었다. 그것보다는 허진호 감독을 만나고 있다는 사실이 훨씬 더 떨렸다. 다시 얘기가 오가는 사이 시나리오에 대한 대략적인 얘기는 끝난 것 같아서, PD가 안내하는 술집으로 장소를 옮겼다. 허진호 감독이 자주 가는 민속주점이었다. 혼자서만 소주를 마셨다. 막걸리를 마시면 머리가 깨질 듯 아파서다. 이런저런 잡담을 나누고 골목에서 담배를 피웠다. 말은 주로 내가 했고 허 감독은 대개 들었다. 술자리를 마칠 때쯤 허 감독이 웃으며 말했다.

"오늘 말씀 많이 하셨어요."

아무리 주로 듣는 타입이라도 오늘은 시끄러웠던 것 같다. 내가 도를 넘은 게 분명했는데 말은 유했다.

"알리가 시합 전까지 많이 떠들었잖아요. 다큐를 보는데 알리의 딸이 그러더군요. 아버지는 두려워서 그랬다고. 그래서 그렇게 떠들면서 자신을 코너로 몰아 도망갈 곳이 없게 만들어야 했다고요."

소주를 한 잔 마셨다.

"오늘 너무 두려워서 그랬습니다."

일주일 뒤 전 PD로부터 연락이 왔다. 감독이 각색을 하자고 했다면서.

"이상하네요. 허 감독님이 이렇게 빨리 뭔가를 결정 내리시는 분이 아닌데. 촬영장에서도 스텝들 답답해 죽을 때까지 오케이 사인을 잘 안 내리시는 분인데. 정말 의외예요."

한 귀로 듣고 한 귀로 흘렸다. 이제 진짜로 발등에 불이 떨어졌기 때문이었다. 한 달 안에 각색 작업을 마쳐야 했으니 말이다.

　다음 날, 계획대로 시작했다. 일단 아내가 쳐둔 문장을 시나리오 틀에 맞추고 신으로 나누었다. 전체적으로 파악한 후 신 편집을 다시 하고 한 신씩 고치기 시작했다. 퇴근 후 새벽 두세 시까지, 낮에는 배송 중에 쉬는 틈틈이 핸드폰으로 수정했다. 일요일 하루 쉴 때는 새벽 다섯 시에 일어나 밤 열 시까지 꼬박 고치고 썼다. 한 달 안에 쓰겠다고 했으니 한 달 안에 쓸 수밖에 없었다. 그래도 술은 마셔야 하니까 마시면서 썼다. 마시지 않으면 쓰고 난 뒤 머리가 달아올라 잠이 오지 않아서였다. 영화판이라는 환상에도 젖어 있었고, 제작사랑 허진호 감독도 만났으니 뭔가 허영기도 충만해져서 대단한 것이라도 쓰고 있는 양 착각이 든 탓도 있었을 거다.

　그렇게 한 달 동안 쓰고 전 PD에게 전달하자 대표와 PD, 그리고 허 감독의 반응은 같았다.

　"벌써?"

　그리고 읽은 후의 결과도 같았다. 거절이었다. 속된 말로 까인 거다. 듣보잡 소설가가 처음 쓴 시나리오이니 당연하다면 당연한 결말이었다. 하지만 그놈의 허영기가 나의 기

143

분을 나락으로 빠트렸다. 영화관에 들어간 적도 없는데 아예 추방된 느낌이었달까. 결과를 전해 들은 그날 저녁 김 대표의 전화가 왔다. 퇴근 후 우울해서 곧장 집으로 가지 않고 술집에 앉아 울적해하고 있던 터였다.

"작가님. 이번 시나리오 정말 좋았습니다."

"그런가요?"

'좋다면서 왜 안 쓰는 거냐?'

"이야. 시나리오는 평생 써 본 적도 없으신 분이 처음 쓴 시나리오라고는 믿기지 않을 정도로 좋았습니다."

"그런가요?"

'그런데 왜 안 쓰냐고? 차라리 수준이 떨어진다고 솔직하게 말을 하던가.'

"하지만 영화란 게 감독의 예술이라서요. 감독님도 좋다고는 하시는데 조금 안 맞는 부분이 있다고 하시더라고요."

"아, 예. 그런가요?"

'조금이 아니라 다겠지. 뭘 자꾸 이리 돌려 말하는 걸까? 내가 애도 아니고. 하긴, 내가 지금 하고 있는 짓을 보니 애긴 하다.'

"아무튼 우리 작가님, 힘내시고요. 이제 본격적으로 작가님 오리지널 작품을 시나리오로 쓰셔야지요. 한 번 써보셨으니까 다음에는 같이 할 수 있도록 잘 부탁드립니다."

전화의 목소리에 밝음이 넘쳐났다. 하긴, 남의 엉덩이를 발로 차면 나 역시 밝음이 넘쳐날 것 같긴 했다.

전화를 끊고 다시 얼마간 더 마셨다.

'그래. 내 주제에 뭔 팔자에도 없는 시나리오 작가를……. 그냥 다음 소설이나 쓰자.' 하면서. 포기라면 번갯불에 콩 구워 먹을 정도로 빠르다. 몇 안 되는 내 장점 중의 하나다. 쉽게 포기하고 쉽게 잊어버린다. 계약금이야 돌려주면 그만이었다. 이게 다 영화판 어쩌고의 허영기에 나를 던져 넣은 결과였다. 덜 자란 인간 같으니. 그만 관두자 싶었고 포기하기로 했다. 거절당한 탓도 있었지만 시나리오 작업이란 게 너무 지난해서였다. 혼자 쓰는 소설과 달리 시나리오는 사공이 너무 많은 것이다. 제작자, PD, 감독, 나의 경우는 아니지만 배우나 그 외 관련된 사람들의 요구나 수정이 끝도 없다. 요청 사항도 명확한 말이 아니다. '주연 캐릭터가 좀 부족한 것 같습니다.', '이야기에 조금 더 끌리는 부분이 있어야 할 것 같습니다.' 등 모든 말이 두루뭉술하다. 쓰는 입장에서는 도무지 뭘 어떻게 고쳐 달라는 건지 감을 잡을 수가 없다. 이런 불만을 털어놓자 전 PD는 당연하다는 듯 답했다.

"형님, 그걸 정확하게 표현하고 쓸 줄 알면 제가 쓰지, 작가가 왜 필요하겠습니까?"

듣고 보니 그렇긴 했다.

레이먼드 챈들러가 할리우드로 가서 알프레드 히치콕의 영화 시나리오를 쓴 적이 있다. 완고를 들고 간 챈들러에게 히치콕이 시나리오에 대해 이런저런 얘기를 하자, 화가 난 챈들러는 "네가 예술을 알아?"란 식으로 언성을 높이고 성질을 부렸다. 하지만 히치콕은 듣고만 있었다고 하는데 나중에 수정한 원고를 챈들러가 보내자 봉투도 뜯지 않은 채 그냥 휴지통에 넣어버렸다고 한다. 내 경우 작법서 하나 읽지 않고 《대부》의 시나리오 책을 산 후, '음, 시나리오라는 게 대충 이런 방식으로 쓰는군.' 하곤 바로 쓰기 시작한 터라 영화계가 어떻게 돌아가는지, 시나리오 작가의 위치는 어떠한지, 무엇보다 시나리오라는 게 작가가 완고라고 내밀어도 어디까지나 기본 설계도일 뿐 무수히 고치는 일이 다반사라는 것을 몰랐다.

소설가들이 시나리오를 잘 쓸 것 같지만 실제로 시나리오 작가인 소설가들이 별로 없는 이유는 이런 협업이 잘 안 되기 때문이다. 다른 사람들과 협의하고 고치고, 고치고, 고치는 게 일이라 소설가라는 직업의 특성상 적응하기가 무척 어렵기 때문이다. 그럴 수밖에 없는 것이 소설은 혼자 쓰는 일이며, 편집자와 일정 부분 고칠 곳을 협의하긴 하지만 본

질적으로는 작가가 왕이기 때문이다. 그런데 갑자기 시민이 되어, 반상회를 하고, 안건을 상정하고, 협의를 이끌어 내라고 하니 잘 맞을 리가 없다. 작가가 성질이나 안 부리면 다행인 거다. 게다가 시나리오라는 것이 잘 빠지면 제작되는 데 유리하긴 하겠지만 반드시 제작되는 것도 아니고, 덜 빠졌다고 해서 반드시 사장되는 것도 아니다. 감독, 작가, 제작사, 배우 등등 인연이 맞아야 되는 경우가 대부분이라고 해도 과언이 아니다.

물론 이것은 나중에 내 책『파괴자들』을 시나리오로 쓰며, 작법책도 읽고, 이리저리 여러 사람에게 들은 후에 알게 된 사실이고, 이때만 해도 그냥 '내가 까였구나.' 하며 자책만 하고 있었을 뿐이었다. 다만 한 가지만은 분명하게 느꼈다. 거절은 둘째 치고, 합의하고 고치고 하는 일은 전혀 내게는 맞지 않는다는 거였다. 딱히 예술에 혼을 바치는 인간도 아니고, 바칠 혼도 없으며, 내 몫까지 다른 작가들이 대신 바쳐준다면 오히려 두 팔 벌려 환영하는 사람이다. '내 즐거운 것이나 쓰련다.'가 나의 글 쓰는 방식이다. 하지만 그런 나도 거절을 당하니 속마음은, '너희들이 예술을 알아?'였다. 챈들러가 히치콕에게 왜 달려들었는지 이해가 됐다. 물론 나야 술집에 홀로 앉아 허 감독에게 속으로만 말할 뿐이었지만 말이다. 어쩌면 내 성격상 면전에 있었다면 하고도 남았을 거다. 그랬다면 평생 할 이불킥은 다 벌어놓은 거나 진배없었겠지만. 자기 실력도 모르고 제 성질만 부린 사실을 얼마 안 가 바로 알았을 테니까.

아무튼 포기. 영화판은 됐고 소설가로나 잘 살자 싶었다. 든보잡에게 이런 기회가 왔던 걸로 감사하자 싶기도 했다. 그러나 문제는 전 PD는 나를 포기하지 않았다는 거였다. 그래서 우리의 인연은 질기게 이어지게 된다.

브런치라고?

나는 행복도 감정의 동요라고 생각하는 사람이다. 불운이나 불행도 당연히 싫지만 행복도 그다지 반기지 않는다. 도를 깨달아서가 아니다. 언젠가는 그 감정에서 내려와야 한다는 사실이 두렵기 때문이다.

인간이란 불안이 계속되면 익숙해지고, 결국 그것이 삶의 기본값이 된다. 줄곧 그렇게 살아왔다고 생각한다. 작더라도 성공의 경험이 축적돼 있다면 그러지 않았겠지만, 불운이나 불행 쪽만 보고 살면 그리되는 것 같다. 진짜 불운이나 불행은 그 자체도 힘들지만, 지나가도 그것을 놓지 못하게 하는 사람으로 만드는 데 있다. 행복이 와도 마치 남의 옷을 입고 있는 것처럼 도무지 내 것이라는 생각이 들지 않는 것이다. 금방이라도 잃어버릴 것 같아서 불편하고 불안할 뿐이다. 차라리 빨리 옷을 벗고 익숙한 그곳으로 가고 싶게 만드는 거다. '이게 진짜 내 인생일 리가 없어.'라는 부정만이 자리를 차지하곤, 행복이란 감정을 밀어내는 것이다.

그런 생각이 바뀌기 시작한 건 첫 책을 출간한 이후부터다. 서점에 내 책이 진열돼 있고, 적지만 아무튼 소설이 팔리고, 영화 제작사와 계약도 하고, 어디 가서 작가입네 행세를 하면서 조금씩 나아진 것 같다. 허영의 충족이랄 수도 있겠다. 비록 시나리오는 거절당했지만 내 고향은 소설이니 괜찮다는 식으로 마음을 추스를 수도 있었다.

3월에 출간해서 그해 12월까지 그 시간을 즐겼다. 사회적으로 성공한 것도, 이름을 낸 작가가 된 것도 아니었지만, 불안이 삶의 기본값인 인간은 욕구 충족의 범위가 아주 작아서 그것만으로도 충분했다. 다행이라면 다행이었다. 하지만 허영이라는 것이 내 생각보다 아주 큰 것이며, 나의 본질 자체가 허영덩어리였음을 얼마 안 가 깨달았다. 그제야 비로소 제대로 된 절망이 무엇인지 알게 되었다. 시작은 전업 작가가 되겠다는 결정부터였다.

전업을 하게 된 이유는 나의 얇은 귀 때문이었다. 시나리오를 거절당한 후에도 전 PD에게서 꾸준히 연락이 왔다.

"형님, 두 번째 소설은 꼭 저희와 함께해야죠."

"쓰지도 않았어."

"에이. 줄거리 들어보니까 딱이던데요. 빨리 완성하셔서 시나리오 쓰셔야죠."

"그럼 시나리오부터 쓸까?"

얼마나 팔릴지 모를 책의 인세보다 시나리오 금액은 정해져 있으니 한번 던져봤다.

"책부터 나오는 게 좋습니다. 오리지널 시나리오만으로 투자자나 감독 컨택하는 게 쉽지 않아요. 책이 나오면 일단 여러모로 수월합니다. 그러니 소설부터 먼저 쓰시는 게 좋아요."

그렇다니 그런가 보다 했다. 내가 모르는 분야는 남의 말을 잘 믿는다. 하긴 뭐, 잘 아는 분야도 없긴 하다.

하지만 두 번째 소설을 시작하려니 쉽지 않았다. 일단 택배 외에 여러 잡일이 많아졌고 주말에 약속이라도 있어 나갔다 오면 한 주가 힘들었다. 나이가 있으니 체력이 달렸고 마음에 여유가 생기니 누적된 노동의 피로가 한 번에 몰려왔다. 어영부영 지냈다는 말이 딱 맞다.

그날도 여느 날과 다름없었다. 하늘은 맑았고 배송 중이

151

었다. 내 직업만의 특성인 것 같은데 다른 작가들은 경험할 수 없는 일을 겪는 경우가 있다. 그러니까 내 책을 배송하는 일 같은 것 말이다. 어느 건물 102호에 택배를 배송하려는데 내 책이었다. 간혹 포장에 책 제목이 쓰여 있는 경우가 있다.

'어라!' 하며 반가울 수밖에 없었다. 순간, 대개의 택배를 문 앞에 두고 오는 나이지만 굳이 초인종을 눌러 사인을 해줄까 싶어졌다. 하지만 1분 정도 망설이다 관뒀다.

뭐라고 말하겠는가?

"제가 이 책의 저자인데 혹시 내키지 않으시더라도 꼭 사인을 해드리고 싶습니다."라고?

상대는 분명 이렇게 생각할 게 뻔하다.

'택배기사의 과로사는 뉴스를 통해 들었지만, 머리가 이상해진다는 얘긴 못 들었는데. 뭐야, 이 동네 아저씨 같은 사람은. 바본가?'

결국 문 앞에 두고 그냥 돌아섰다. 건물을 나오는데 팀장의 전화가 왔다.

"작가님, 축하드립니다."

항상 밝은 목소리다.

"드디어 『침입자들』 드라마 판권이 팔렸습니다."

내 대답은 시큰둥했다.

"아, 그래요."

그럴 수밖에 없는 것이 교섭을 거의 석 달째 하고 있었으니까. 판권 의뢰는 여러 군데 있었지만 실제로 된 곳은 없었다. 지지부진하다 보니 생각을 접고 있었다. 계약이 결정된 곳의 제시 금액도 신인 작가 수준이었다. 당연한 금액이었지만 그마저 일정 부분은 출판사 몫이니 시큰둥할 수밖에 없었다. 돈도 돈이지만 내 소설값이 겨우 이 정도인가 싶어 그저 그랬다. 게다가 영화 제작사가 어떻게 돌아가는지 대충 본 터라 흥미가 덜하기도 했다. 드라마라고 뭐 다르겠는가? 판권을 산다 해도 제작이 될지 말지도 미지수였다. 그래도 제작이 되면 책은 좀 더 팔릴 터이니 기분이 나쁘지는 않았다. 기대만큼은 아니라는 것이지 좋은 일임에는 분명했으니까.

월요일 오후에 합정의 카페에서 만나 제작사와 계약했다. 판권료는 출판사에서 매년 1월 정산이라 운이 나쁘면 1년을 기다려야 했지만, 11월 계약이라 다행히 내년 1월에는 받을 수 있다는 것도 좋았다. 정말이지 다사다난한 한 해라는 생각이 들었다. 그리고 결국 이 판권 금액이 문제를 일으키는 핵심이 된다.

*

12월 초순에는 무척이나 눈이 내렸다. 도무지 배송을 할 수가 없어 그치길 기다릴 요량으로 인스타나 끄적였다. 작가라는 게 그렇다. 소설을 쓰지 않아도 뭔가를 끄적여야 마음의 안정이 된다. 쓰지 않을 때는 더욱 그렇다. 이럴 때는 노는 것도 문장을 쓰는 걸로 하게 된다. 내 경우는 인스타이고 보통 시답잖은 문장만 쓴다. 이런 식이다.

신 출사표(新 出師表)

저는 본디 프롤레타리아로, 경상도에서 푼돈이나 벌며, 그저 목숨이나 연명하면 다행이라 생각했을 뿐, 부인을 찾고 서울에서 살 생각은 꿈도 꾸지 않았습니다. 하지만 부인께서 높으신 허리를 세 번이나 굽히시고, 저를 비루하다 여기지 않으시며, "서울이 참 괜찮단다. 가히 사람이 살 만한 곳이라 할 수 있다."라며 꼬시기에, 귀가 얇기라면 남과 비교가 불가한 저인지라, 훅 하고 넘어가게 되었습니다.

그러나 막상 와 본 서울은, 지하철에서는 누가 더 사는 게 힘든지 경쟁하는 얼굴들이었으며, 사람이 많다 보니 확률의 법칙상 진상도 그만큼 존재하는 곳이었습니다. 천하도 세 개로 나눠지면 혼돈스러운 법인데 서울은 구마다, 동마다, 풍습과 사는 바가 다르니, 경상도 울산의 촌사람이 적응하기가, 돼지가 진주를 귀히 여기는 것만큼 힘든 일이었습니다.

하지만 부인께서 "내가 보석을 주웠으나 흙이 많이 묻어 그렇다." 하시며 손수 더러움을 개의치 않고 닦아주시어, 어디 가서 촌티는 나지 않게 해주셨으니, 진정 가정의 존망이 부인 손에 달려 있다 하겠습니다.

다만 틀린 식견을 하나 가지고 계셨으니, 눈이 와서 택배 배송을 어찌하나 여쭈었을 때, "서울은 사람들이 집집마다 눈을 치운다." 하시기에 "아, 그러면 제가 기우를 하였습니다."라고 아뢰었는데,

개뿔, 어제 폭설에 골목마다 눈이 쌓여 물량을 200개나 남기고 중지할 수밖에 없었습니다. 하지만 관악구민 중에 성품이 숭악한 자가 몇 있어, C사 기사님은 믿어요. 눈길 조심해서 갖다주세요, 같은 망언을 일삼아, 수레를 끌고 몇

시간을 쳤지만 물량은 별로 줄지 않았습니다.

더욱이 부인께서, 고양이들과 내가 심심하다며 빨리 오라 하심에, "아무래도 오늘은 칠만큼은 쳐야겠습니다." 하니, 그럼 그리하라 하셨습니다.

역시 가정의 존망이 부인께 달려 있음을 경상도 촌부가 다시 한번 대오각성할 수 있게 하셨으니 부인의 은혜가 어찌 하늘을 덮지 못한다 하겠습니까?

개뿔, 너희들 정말 눈 안 치울 거냐? 내가 정말 힘들다.

눈은 여전히 그치지 않았다. 할 수 없이 수레를 끌고 생물이 담긴 아이스박스만 골목마다 배달한 후, 다음 날 일요일에 잔여 물량을 쳤다. 더 이상 택배는 하고 싶지 않다는 생각이 들었다.

단순히 눈 때문은 아니었고 관두게 된 여러 사정이 있었다. 그래도 계속하려면 할 수도 있었겠지만 그동안 너무 힘들기도 했고, 무엇보다 판권료, 인세, 계약금 등이 있어, '돈이 떨어질 동안 또 소설 쓰고 판권 팔고 시나리오 쓰면 어떻게 되겠지.' 하는 안이한 마음이 더 컸다. 인생을 만만하게 보고, 계획이라고 세우는 것은 계획이라기보단 희망 사항에 불과하니 삶에 두드려맞는 것은 정해진 수순 같다. 맞고 나면 얼마 후 잊어버리는 것도 나답고. 이러니 항상 멍청한 짓을 반복하게 되는데 이번에도 마찬가지였다.

아무튼 시작은 좋았다. 모든 예비 작가들이 꿈꾸는 생활로 시작했기 때문이다. 그러니까 느지막이 일어나서 느긋하게 햄에그와 커피를 브런치로 먹은 뒤, 느긋한 마음으로 노트북에 앞에 앉아, 느긋하게 문장을 써 내려가는 거다. 택배도 없고, 진상도 없고, 무엇보다 출퇴근이 없으니 천국의 정원에 앉아 있는 기분이었다. 원래 빨리 쓰는 작가고 게다가 전업이니 하루 종일 앉아서 A4 10장씩 썼다. 보통, 장편이 A4 120장 이상이니 이론상으로는 12일이면 충분한 양이었다. 하지만 일이라면 정해진 방식과 양식이 있고, 회의와 협의, 조언도 있어 일정 루틴을 따라가면 되지만 창작은 아무것도 없다. 1장도 못 쓸 때도 있고 10장을 넘게 쓸 때도 있지만 불규칙한 것이 기본이고 아예 못 쓰는 날이 지속되는 경우도 많다. 다만 내 경우는 두 번째 소설을 어떻게든 빨리 써서 팔아야 돈이 떨어지기 전에 생활을 지속할 수 있었기 때문에 꾸역꾸역 썼다. 정말이지 꾸역꾸역 썼다. 소설을 시작한 지 얼마 되지 않아 브런치고 뭐고 눈 뜨면 노트북 앞에 앉아 쓰기 바빴다. 새가슴이라, '돈 떨어지기 전에 써야 할 텐데. 아님 또 일을 나가야 하는데 정말이지 싫다.'라는 생각뿐이었다. 미래에 대한 공포와 게으름 때문이었다.

다음 해 3월에 초고를 팀장에게 넘겼다. 두 번째 책 『파괴자들』이었다. 수정고가 오가는 사이 소설을 바탕으로 열흘 정도 시나리오를 쓴 후 제작사에 건넸다. 이렇게 서두른 이유는 내 나름의 계획이 있어서였는데, 일단 출간이 되면 인세야 둘째 치더라도 판권 의뢰가 올 것이고, 시나리오도 제작사에서 검토해보고 좋으면 바로 계약금 전액을 받을 테니 그 돈으로 또 전업 작가 생활을 하겠다는 생각 때문이었다. 그렇다. 인생을 자기 편할 대로 생각하고 있었다. 당연히 내 생각과는 정반대로 흘러갔고 말이다.

일단 출간이 미뤄졌다. 교정 교열을 마무리하고 5월에 출간할 예정이었으나 어느 전자책 플랫폼에서 선출간하기로 하면서 일정이 뒤로 완전히 밀렸다. 서점을 통한 정식 출간은 10월에나 가능했다. 올해 말까지 인세고 판권이고 물 건너갔다는 뜻이었다. 시나리오도 마찬가지였다. 이전과 똑같은 반응이었다. 주인공 캐릭터가 뭔가 좀 더 강렬한, 그러니까 스토리고 플롯이고 좋은데 뭔가 더 관객을 끌 만한, 아무튼 기타 등등의 얘기만 오간 후 거절이었다.

그래서,

한마디로 엿 됐다.

전업 작가 흉내 내다 빈털터리만 되게 생겼으니 말이다. 보통의 전업 작가들은 소설만 쓰지 않는다. 계간지에 단편도 싣고, 매체에 칼럼도 쓰고, 아무튼 인세가 나오는 곳이라면 지면을 받을 수 있을 만큼 받아서 글을 쓴다. 하지만 그것도 이름 좀 있는 경우고 대개의 작가는 자신이 발로 뛰고, 직장생활과 전혀 다를 바 없는 영업을 하여, 겨우겨우 지면을 얻은 후 적은 원고료를 받으며 불안정한 프리랜서로 살아간다. 한마디로 쉬운 일이 아니다. 더구나 나처럼 인간관계가 젬병에 제 편한 대로 사는 인간이라면 설령 프리랜서를 한다고 해도 해낼 리가 없다. 마감에 맞춰 쓰는 스트레스를 받는 것도 싫고, 콩만 한 원고료를 받으려고 사회관계를 맺는 것도 싫었다.

결국 남은 것은 노동이었다. 택배로 돌아가긴 싫어서 쿠팡 물류센터에 야간조로 나갔다.

이거 휘발유
아니에요?

물류센터를 다닐 때는, '어째 택배는 관뒀는데 택배와 비
슷한 일을 하게 되냐.' 싶어 가뜩이나 심란한 기분이 더 심
란했다. 일은 물류센터의 창고 선반에서 PDA에 뜨는 상품
을 개수에 맞춰 자키(Pallet Jack, 무거운 물건이 올려진 파레트를 쉽게 옮
기기 위한 철제 수레)에 싣고 검수대로 보내는 것이었다. 한 층이
거의 축구장 넓이였는데 저녁 일곱 시부터 새벽 네 시까지,
식사시간 1시간을 빼고 일했다. 한 달 만근을 하면 200 언
저리를 벌 수 있었다. 아내와 같이 나갔는데 둘이 벌어봐야
400 언저리였다.

아내와는 마흔다섯에 만났다. 결혼 전부터 줄곧 해왔던

생각이 '결혼식 따위는 하지 않겠다.'였다. 바보 같은 주례 사도 싫고 잘 알지도 못하는 사람들이 하객이랍시고 의자에 앉아 있는 꼴을 보는 것도 싫었다. 무엇보다 통과의례로 즉석 라면을 끓여 먹는 듯한 식 자체도 질색이었다. '둘의 결혼, 남의 축하 따위 알게 뭐냐?' 뭐 그런 생각이었다. 여러 면에서 아내도 나와 비슷했다. 혼인신고도 별생각 없었다. '국가가 내 결혼에 왜 관여를 해?'라고 생각했는데 '법적인 불이익이 아내에게 가서는 안 되니까.' 싶어서 구청에는 갔다.

아내를 생각하면 항상 겨울밤이 먼저 떠오른다. 그때 우리는 함께 택배를 하고 있었다. 새벽 두 시, 난향동의 산꼭대기에 위치한 아파트에서, 아직 1시간쯤 남은 물량을 치기 위해 차에서 내리면, 겨울바람이 얼굴을 베며 지나갔다. 이미 몸은 지칠 대로 지쳐 어기적어기적 탑차의 짐칸으로 가 짐을 내리고 수레 두 대에 나눠 실으면 몸이 약한 아내가 하나를 끌고 아파트 통로 쪽으로 향했다. 내가 해줄 수 있는 거라곤 쓰고 있는 모자를 좀 더 푹 눌러주는 것밖에 없었다. 그러면 아내는 고맙다며 싱긋 웃고는 터벅터벅 수레를 끌며 아파트 출입구를 향해 갔다. 바람과 추위가 유독 심한 해였다. 애써 웃던 아내의 모습과 후들거리던 다리가 간혹 떠오른다. 애는 쓰는데 식구 하나 건사 못하던 내 마음도 말이다. 먼 후일에도 아내를 생각하면 아마 그 겨울의 밤이 먼저 생각날 것 같다. 찬바람에 겨우 버티고 서 있던 그 다리부터 말이다.

　그런 주제에 전업을 한다고, 또 그런 아내가 전업을 지지해준 덕분에 일을 벌여놓고는 제대로 수습도 못하니 입이 열 개라도 할 말이 없었다. 그래도 일용직이라 출근은 자유로우니 글 쓰는 데 잘 활용하면 되겠다 싶어 시작한 일이었다. 하지만 서울에서 경기도로 출퇴근하는 건, 경기도민이 서울로 출퇴근하는 애환과 별반 다를 게 없었다. 일단 마을버스로 지하철역까지 가서 2호선을 타고 사당역까지 가야만 했다. 보통 40분 정도 걸리는데 통근차를 놓칠 수 있으니 미리 나가면 1시간 정도 걸렸다. 다시 통근차를 타고 경기도까지 가는데 1시간 30분. 출퇴근에 넉넉잡아 5시간을 소비하는 것이다. 노동시간은 식사 포함 9시간, 하루 총 14시간을 일에 쓰는 거다. 게다가 야간조라 몸이 적응이 되질 않아 아침에 귀가하면 출근 때까지 자야만 했다. 그래도 몸이 풀리지 않았다. 종일 온몸이 정신적으로나 육체적으로나 바짝 말라 있어 미이라가 되어 사는 기분이었다. 택배는 운동이라도 되니 신체에 도움이라도 됐지만, 여기서는 그저 노동과 시간을 등가 교환하는 것 말고는 아무것도 없었다. 일을 많이 한다고 빨리 보내주는 것도 아니고 임금이 느는 것도 아니니, 모두 최소한의 힘으로 최대한 느리게 움직이며 일했다. 눈동자가 살아있는 것을 제외한다면 좀비와 다름없었다.

전업 작가는 아니어도 되도록 가까운 쪽으로 생활해보자고 선택한 일이었지만, 글은 쓸 수도 없었고, 재정은 더 나빠졌으며, 조만간 빈곤에 떨어질 일만 남아 있었다. 뭔가 선택을 해야만 했다.

그런 생각을 하던 차에 하루는 통근차가 30분이나 늦게 왔다. 일용직이니, '늦거나 말거나 회사 불찰로 생긴 건 회사가 알아서 하겠지.'가 기본 마인드였지만 너무 늦으니 서로 눈치를 보며 대화를 나누기 시작했다. 대부분 말도 안 걸던 사이인데 말이다. 다들 얼굴에 써 있는 거다. '인간관계 맺으며 회사 다니느니 덜 벌고 외로워도 이런 일이 좋소. 그러니 말 같은 건 걸지 말아요.'라고. 묵묵히 자기 일만 할 뿐이다. 차가 늦지 않았다면 이런 얘기조차 나누지 않았을 테고. 다들 어찌할까 하는데 회사에서 전화가 왔다. 물론 내게도 왔다.

"집에 가지 말고 차가 늦더라도 꼭 출근해달라."고 했다.

'아니, 그럼 정시에 차를 보내주던가. 내가 무슨 하염없이 주인을 기다리는 똥강아지도 아니고…….'라고 생각만 했다.

대답은 "예." 멍! 이라는 말과 다를 바 없었다. 꼬리까지 흔들지는 않았고. 아무튼 버스를 탔는데 자리가 없어 운전석 뒤에 앉았다. 하얀 말통이 옆자리에 세 개 있었다. '약수인가?' 싶었지만 약수치고는 휘발유 냄새가 너무 났다.

'주유소에서 떠 왔나? 오일뱅크 약수인가?'

지끈거리는 머리를 붙잡고 있는데 갑자기 운전기사가 내게 휴대폰을 건넸다. 회사 주소를 내비게이션에 찍으란다. '엉? 기사가 지리를 몰라?' 싶었다. 룸미러를 보니 팔순 전후의 노인이었다. 늦은 이유가 짐작이 됐다. 올 때도 길을 못 찾은 거다.

내비를 설정하고 쪽잠을 청하는데 휘발유 냄새 때문에 도무지 잘 수가 없었다. 할 수 없이 눈을 뜨니 다른 사람들도 모두 깨어 있었다. 아무래도 뭔가 이상하다 싶었던 거다. 기사가 길을 잘못 들어 내비는 계속 경로 재설정을 하고 있었고, 심지어 반대 방향으로 한참을 가고 있었다. 결국 누군가 나서서 기사 옆에 붙어 안내를 했다.

뭐, 거기서 끝난 줄 알았다. 다시 잠을 청하는데 이번에는 언덕배기를 올라가다 차가 퍼졌다. 평지에서도 차가 출발이 힘들더니 어째 좀 수상해 보이긴 했다. 수십 번을 시동 걸었지만 차는 코 푸는 소리만 냈다. 결국 모두 내렸다. 다들 머리가 너무 아프다고 난리였다. 마지막으로 내리던 내가 말통을 가리키며 물었다.

"기사님, 이거 혹시 휘발유 아니에요?"

"아니에요."

기사가 해맑은 얼굴로 손사래를 쳤다.

"경유에요. 경유."

'아, 도대체 뭔 차이가 있어요?' 싶었다.

내리고 보니 상황이 이해가 됐다. 차에 기름이 실려 있는 이유도 언덕배기에서 고장이 난 이유도. 상시적인 일인 거다. 여든 언저리에 고물차를 가지고 운전을 하는 이유는 모르겠지만(어쩌면 강남의 건물주일 수도 있겠지만) 노인분이니 그러려니 했다.

아무튼 누군가는 렉카를 부르고, 누군가는 교통통제를 하고, 누군가는 기사분에게 뭔가를 가르쳐드렸는데 다른 누군가는 구석 길가에 서서 담배를 피웠다. 나 말고 누가 있겠는가? 결국 삼삼오오 택시를 타고 출근, 회사에서 교통비를 정산받고 일을 시작했다. 다시 일상 모드. 서로 말을 걸었다는 사실은 잊어버리자는 듯이 묵묵히 일만 한 후 퇴근했다. 집에 돌아와 눕는데 머리가 아파 잠은 오지 않았다. 그놈의 휘발유 냄새 때문이지 싶었다.

아! 경유였지 참.

석 달쯤 출근했을 때 전화가 왔다. 전에 일하던 택배 지점이었다. 기사가 갑자기 관뒀는데 다시 와줄 수 있냐고 물었다.

"아이고, 저런, 큰일이네요. 제가 지금 다른 곳에서 일하고 있는데 아마 사정을 얘기하면 관둘 수 있을 것 같습니다. 저녁에 확답을 드리겠습니다."라고 답했다. 일용직인데 뭔 사정을 얘기한단 말인가? 똥줄이 타는 걸 들키기 싫었을 뿐이다. 야간조 출근을 안 해도 된다는 생각에 편하게 한숨 잔 뒤, 저녁 여섯 시쯤 전화해서 나가겠다고 말했다.

다음 날 바로 출근했다.

안상길 씨의 이야기

죄송하지만 제 개인적인 이야기는 하고 싶지 않습니다. 아뇨 ,TMI 그런 게 아니라 그냥 하고 싶지 않아요. 택배에 관한 질문만 해주세요. 진상? 음, 진상은 많죠. 하지만 그건 시스템 문제도 있어요. 아니, 고객들이 택배 시스템을 몰라서 그래요. 모르면 무례하게 되죠. 알면서도 하는 게 진상이고. 하지만 대부분은 몰라서 그런다고 생각해요.

예를 들어서요? 음, 이건 좀 얘기가 길어질 것 같은데. 일단 크게 종류도 나눠야 하고 거기서 또 세분화해야 하니까. 제 말투요? 글쎄요. 배운 사람 말투가 뭔지는 모르겠습니다만 별로 좋은 말씀은 아닌 것 같군요. 학력으로 사람을 차별하는 무의식이 깔려 있는 것 같으니까요. 압니다. 작가님 의도가 그런 게 아니라는 걸. 기분 나쁘지도 않고요. 다들 택배기사 하면 몸이나 쓰는 육체노동자로 인식하니까요. 실제 그런 사람이 많다는 것도 부정하지 않아요. 하지만 그런 사람만 있는 건 아니죠. 여기는 다양한 직업 출신들이 들어오니까요. 사연이야 다 다르겠지만 다양하다는 것에는 변함이 없습니다. 그런 식이면 지식노동자는 안 그럴까요? 무례 무식한 인간들이 택배기사들만큼이나 일정 비율로 섞여 있죠. 어느 직업이든 그 비율은 비슷하다고 봐요.

죄송합니다. 얘기가 샜군요. 일단 세 종류로 나눠볼까요. 배송, 집화와 반품, 택배 시스템으로요. 우선 배송을 보겠습니다. 배송에서 가장 큰 난관은 전화예요. 이게 엄청난 폭탄이거든요. 갑질, 언어폭력이 장난 아니에요. 세부적인 유형을 나눠보면 이해하시기 쉬울 겁니다.

첫째, 명령조와 반발형. 전화 걸자마자 말하거나 화내는 유형이에요. 앞뒤 설명도 없어요. 우리 집 언제 와? 예요. 이해는 해요. 택배는 출발 전에 언제 배송될 거라는 문자가 가고 배송 후에는 어디 됐다는 문자가 갑니다. 고객 입장에서는 당연히 자신의 전화번호를 알고 있으니 전화만 하면 주소고 뭐고 택배기사가 다 안다고 생각합니다. 하지만 택배기사 입장에서는 300~400개 중의 하나일 뿐이에요. 문자도 단체 문자로 보내는 시스템이고요. 게다가 요즘엔 임시 번호를 많이 써서 어플에 연동되지도 않아요. 실제 번호라면 어플에 상품과 주소, 이름 등 세부 내역이 뜨지만 임시 번호는 안 그렇거든요. 택배기사가 전화 건 사람의 정보를 알 수 있는 방법이 없어요. 하지만 고객은 다짜고짜 묻습니다. 우리 집 언제 오냐고. 배송 중일 때는 1분에 6~10개를 하기 때문에 주소 확인하고 배송하는 것만으로도 정신이 없어요. 게다가 몇 시에서 몇 시 사이라는 문자도 이미 갔어요. 하지만 고객은 확인하지 않죠. 확인해도 전화를 겁니다. 정확한 시간을 알고 싶은 거죠. 사실 그건 택배기사도 몰라요. 예를 들어 열 시에서 열두 시 사이처럼 두 시간 간격으로 설정해서 보내죠. 배송 중간에 전화가 많이 오거나 고가품인데 고객이 연락을 안 받거나 주소가 틀리거나 하면 예정 시간을 훌쩍 넘길 때도 있고요. 그런 상황을 모르니 전화를 하는 건 이해합니다만 태도가 대개 좋지 않아요. 먼저 갖다 달라느니 내가 찾으러 가겠다느니.

일단 택배는 먼저 갖다줄 수가 없어요. 이삿짐하고 같거든요. 한번 구역별로 짐을 짜면 순서대로 배송하면서 짐을 줄여나가야 해요. 내 것부터 배송해달라? 이삿짐 다 쌌는데 이삿짐 기사분 보고, "어머, 죄송해요. 수저는 제가 가져갈게요. 짐 좀 풀어서 찾아주시고 이삿짐은 다시 짜셔야겠어요." 라고 말하는 것과 똑같거든요. 우리 집부터 먼저 갖다 달라는 말도 같아요. 택배는 버스입니다. 짐을 짜서 배송하기 때문에 정해진 코스대로 순차적으로 배송할 수밖에 없어요. 그런데 우리 집부터? 이건 버스 타서 기사분에게 우리 집 앞 정류장부터 갑시다, 라고 하는 얘기와 똑같은 거예요. 그런데 고객들은 그걸 모르죠. 택배기사의 배송 방식을 모르니까. 제 경우는 일일이 설명을 합니다. 대개는 알아들어요. 본인 얘기가 말이 안 된다는 걸 듣고 나선 아는 거죠. 그래도 강짜를 부리는 사람들이 있어요. 그때는 그냥 전화를 끊습니다. 싸울 수는 없으니까.

화나죠. 왜 안 나겠습니까. 하지만 초보들이나 싸우는 거지 베테랑들은 어지간해서는 싸우지 않아요. 화를 내봐야 자신만 손해거든요. 혹여 욕이라도 했다간 벌금 10만 원을 물어야 하고요. 기분도 더러워져서 배송도 느려지고. 아무튼 싸워봐야 도움이 되는 건 하나도 없어요.

그래요. 많은 택배기사가 전화를 안 받습니다. 쓸데없는 전화 아니면 불쾌한 전화니까. 배송 중에 전화 10통을 받는다면 배송 시간이 30분에서 1시간 정도 느는 건 예사고요. 하지만 전 받습니다. 간혹 오배송을 할 때가 있거든요. 한 달에 7,000개, 하루 300~400개를 배송하다 보면 오배송이 안 생길 수가 없어요. 택배기사도 사람이니까. 밤에 5가 6으로 보일 때도 있고, 호수만 보다가 다른 번지에 택배를 두고 올 때도 있고. 아무튼 오배송을 할 때가 있어요. 받는 사람들이야 어떻게 그럴 수가 있나 싶겠지만 본인들도 해보면 알 겁니다. 서두르거나 컨디션이 나쁘거나 딴생각을 잠시라도 했다가는 그런 경우가 생기거든요. 그래서 받아요. 배송 완료 문자를 보냈는데 못 받았다는 전화가 올 때가 있어서. 그럼 빨리 가서 찾습니다. 분실하게 되면 택배기사가 물건값을 모두 물어야 하니까요. 적게는 일당, 고가품도 많기 때문에 심한 경우 월급 자체를 날리는 수도 있거든요.

기억에 남는 진상이 몇 있긴 있어요. 지금 휴가를 떠나는데 수영복이 꼭 있어야 된다며 차로 찾아온 남자가 있었죠. 안 되는 이유를 아무리 설명해줘도 이해를 못 하더군요. 욕을 하더니 탑차로 올라가 짐을 다 무너뜨리고 자기 물건을 찾았어요. 다른 물건을 다 발로 밟고 차 밖으로 내던지면서. 30분 정도 그렇게 하더니 물건을 찾아서는 그냥 가버렸어요. 택배 초기의 일인데 지금 같으면 바로 경찰에 신고했겠죠. 다른 사람 물건을 건드리는 건 위법이니까. 하지만 그때는 당황만 했어요. 억울하기만 했죠. 사회에 나와서 운 적은 그때가 처음일 겁니다.

물건 못 받았다는 사람도 있었죠. 보통 고가품은 사인을 받지만 일반 제품은 문 앞에 두고 오죠. 대부분 출근하고 일일이 사인을 받으며 배송할 수도 없으니까요. 그 사람은 분명히 받았어요. 직접 전달해줬거든요. 고가품이란 표시도 없었고. 그런데 다음 날 못 받았다고 콜센터로 신고한 거예요. 알고 보니 제품이 신형 휴대전화더라고요. 찾아가서, 직접 받지 않았느냐고 따져 물으니 자긴 받은 적 없다는 거예요. 이런 경우는 그냥 당할 수밖에 없어요. 휴대전화값을 제가 물었죠. 아무튼 수없이 많은 경우가 있어요. 진상의 종류도 얼마나 다양한지. 직업 중에 감정노동이 없는 경우가 거의 없긴 하지만 택배는 육체노동이잖아요? 노동 강도도 절대 약하지 않아요. 그런데 감정노동도 꽤 심합니다. 콜센터만큼은 아니겠지만 정신적인 스트레스도 많습니다.

그래요. 집화와 반품으로 넘어가 보죠. 개인이나 업체의 물건을 계약을 맺어 수거하는 걸 집화라고 해요. 이건 무조건 당일에 터미널로 올려야 하기 때문에, 하는 기사들도 있고 안 하는 기사들도 있어요. 집화를 하는 기사들은 배송량을 줄여요. 보통 오후 다섯 시부터 시작해 집화처를 돌며 수거하고 터미널에 내리는 데 서너 시간 걸리니까요. 수입과 퇴근 시간을 고려하는 거죠. 하지만 후불제이기 때문에 거래처 잘못 만나면 돈을 떼이는 경우가 있어요. 거래처가 클수록 돈은 되지만 위험이 증가하는 거죠. 드물긴 하지만 항상 그런 위험성이 도사리고 있어요. 집화를 선호하는 기사도 있고 아닌 기사도 있는데 제 경우는 후잡니다. 전 배송만 하죠. 그냥 성격인 것 같습니다. 거래처고 인간관계고 전 아무것도 맺고 싶지 않습니다. 택배만 돌리고 집에 간다, 그런 단순한 게 좋아요.

반품은 당일 아침에 송장이 나오면 무조건 그날 수거해야 해요. 이게 점수에 반영되거든요. 회사는 한 달 평균 92점이라고 하지만 실제로는 99점을 요구해요. 당일 배송이 40점, 집화가 40점, 스캔이 20점. 배송은 몇 개 빠져 지연돼도 점수에 크게 영향을 주지 않아요. 300~400개가 되니까요. 하지만 반품은 10개, 많아도 20개 내외이기 때문에 하나 수거가 안 되면 점수가 많이 나빠지죠. 저 같은 경우는 아침 여섯 시 반 전후에 반품 수거 예정 문자를 보냅니다. 아니면 문 앞에 갔는데 없는 경우가 허다하니까요. 배송에 비해 돈은 안 되지만 점수 때문에 신경을 안 쓸 수가 없어요. 점수가 낮으면 본사에서 문책이 들어오니까요. 계속 점수가 낮으면 퇴사를 종용받기도 하고요.

아뇨. 어려운 점은 더 있죠. 그냥 박스만 있는 경우가 많아요. 반품 송장의 물건이 맞는지 확인할 수가 없어요. 고객 본인이야 반품이 하나밖에 없으니 박스만 내놓으면 된다고 생각하겠지만 수거하는 택배기사 입장에서는 이게 우리 회사 반품인지, 다른 회사 반품인지 알 수가 없잖아요? 상품 명이나 받는 회사명이라도 써져 있으면 송장과 맞춰볼 텐데 그것도 안 되죠. 그럼 전화해야 하고 확인해야 합니다. 전화를 안 받는다고 그냥 송장 붙여서 가져왔다간 문제가 생겨요. 내품이 다른 경우가 있거든요. 다행히 물건을 찾으면 운임만 물면 되지만 큰 회사의 경우는 반품만 산처럼 쌓여 있기 때문에 찾지 못하는 경우도 많아요. 그럼 상품값을 택배기사가 물어야 해요. 그래서 시간이 걸리더라도 반드시 확인합니다. 심한 경우 전화도 문자도 씹을 때가 있는데, 그럴 때는 다시 반품을 갖다 놓고 반품 송장은 취소시킵니다. 그 제야 문자를 하는 고객도 있고요. 그럼 일을 두 번 해야 하죠. 택배는 시간과의 싸움이에요. 이런 일들이 배송 중에 발생하면 퇴근 시간이 계속 늘어져요. 택배기사들이 허겁지겁 배송하는 이유가 다 있는 거예요. 그렇게 해도 평소 퇴근 시간에 맞출까 말까인데 이런 일들이 생기면 배송이 계속 늦어지니까 짜증이 나는 거죠. 생각해보세요. 회사원들도 퇴근하려는데 갑자기 야근하라고 하면 화가 나지 않겠습니까? 택배는 거의 매일 그런 경우가 생겨요. 불친절한 택배기사를 옹호하려는 게 아닙니다. 그런 환경으로 내몰린다는 얘기죠.

시스템은 확실히 불합리합니다. 단적인 예를 들어볼까요? 제대로 그 주소에 배송을 했습니다. 그런데 한 달쯤 뒤에 연락이 와서 고객이 물건을 못 받았다고 합니다. 주소 확인을 하면 본인은 이사했대요. 한 달이나 지났으니 물건이 있을 리가 없죠. 분실입니다. 물건값은 당연히 택배기사가 물어야 하고요. 왜냐고요? 매뉴얼이 그렇게 되어 있으니까요. 고객에게 주소 확인을 해야 하고 요청한 곳에 택배를 둬야 하거든요. 사진도 찍어야 하고. 그래도 분실되면? 그것도 택배기사의 책임입니다. 요청한 곳에 두었을 경우, 택배 회사는 분실이나 도난에 대한 책임을 지지 않는다는 통보까지 해줘야 해요. 그래야 면책이 됩니다. 나머지의 경우는 모두 택배기사 책임이에요. 고객이 주소를 잘못 썼든, 전화번호가 잘못돼서 연락이 안 됐든, 아무튼 모두 그래요.

물론 불합리하죠. 하루에 300~400통씩 전화를 하며 어떻게 배송을 합니까? 회사원들은 그렇게 전화기를 붙들고 업무를 볼 수 있나요? 방귀 뀐 놈이 성낸다고 이런 고객들이 꼭 이런 말부터 합니다. 왜 전화해서 확인하지 않았느냐고. 그럼 묻고 싶죠. 도대체 자기 주소도 못 쓰는 어른이 어디 있냐고. 하지만 그런 말은 하지 않아요. 다 부질없는 짓이니까요. 어차피 택배기사가 다 뒤집어쓰게 되어 있는 구조이니까요. 고객은 회사로, 회사는 택배기사로 전부 자기 피해를 떠넘기기 바쁘죠. 적어도 주소를 잘못 써서 분실이 일어났을 때는 과실 비율이라도 좀 정해놨으면 좋겠어요. 고객 10%, 택배기사 30%, 회사 30%, 공급자 30%처럼요. 주소 확인의 의무는 택배기사만 있나요? 고객, 회사, 공급자 다 있는 거죠.

베테랑이 되면 됩니다. 이런 제약 조건 속에서도 평균 배송 속도를 유지하고 분실도 거의 없죠. 고객과 싸우지도 않아요. 진짜 베테랑들은 오히려 친절하죠. 친절하고 싶어서가 아니에요. 그게 일하는 데 수월하다는 걸 경험으로 알아서죠. 시간요? 글쎄요. 일에 어느 정도 익숙해지는 데는 3~4개월 정도일 겁니다. 하지만 3~4년 정도는 돼야 외부 환경과 상관없이 자기 일을 컨트롤할 수 있는 것 같아요. 제 경우는 그랬습니다. 지금 5년째고요. 전화가 걸려오는 일도 거의 없어요. 저는 몰라도 고객들이 저를 아니까요. 언제쯤 배송될지, 어디에 택배를 둬야 할지, 택배를 못 받았으면 어떻게 하면 되는지, 반품은 어떤 식으로 내어놓는지 대부분 알고 계시니까요. 지금은 배송 피로도 말고는 스트레스가 거의 없어요. 유일한 걱정이라면 몸을 다치면 안 된다는 것 정도죠. 그럼 밥벌이를 못 하니까요. 그것까지라면 괜찮은데 출근을 못 하게 되면 지점에서 용차라는 걸 씁니다. 용차만 전문으로 하는 택배기사들이 있어요. 대신 뛰어주는 건데 이게 단가가 보통 두 배예요. 우리가 받는 단가보다 말입니다. 제 월급이 500만 원이라면 이 사람들은 1,000만 원인 거예요. 월급이 없는 건 차치하고 오히려 돈을 게워내야 해요. 용차비도 택배기사가 물어야 하는 구조이니까요. 예외인 경우는

177

부모 초상밖에 없어요. 그마저도 안 지키는 지점들도 있고. 그러니 항상 몸조심을 안 할 수가 없죠.

저도 그 기사를 봤습니다. 과로사의 이유는 여러 가지가 있겠지만 결국 장시간의 노동이 원인일 겁니다. 필연적으로 근육의 피로, 체력 감퇴와 수면 부족이 따라올 테고요. 그분은 새벽 두세 시까지 했더군요. 게다가 초보였고 말입니다. 초보는 1시간에 30개에서 40개 정도 돌릴 거예요. H나 L사 같은 경우에는 10개에서 15개 정도일 거고요. 게다가 그분은 물량도 많았더군요. 그 물량은 베테랑이 돌려도 밤 열한 시는 넘어야 할 겁니다. 그걸 초보가 돌린다? 무리죠. 택배 시스템도 문제지만 악덕 지점을 만난 거예요. 그런 지점들이 있거든요. 단가도 더 후려치고, 기사들에게 과도하게 물량을 분배하고, 치든가 나자빠지든가 나는 모르겠다는 지점들요. 운이 나빴던 거죠.

마지막으로 하고 싶은 말이라. 전 노조를 지지합니다. 노조가 생겼기 때문에 그나마 지금 환경이 개선되고 있는 거고요. 하지만 진짜 공로자들은 숨진 택배기사분들이에요. 누군가가 죽지 않으면 개선되지 않는 게 이 나라의 시스템이에요. 그나마 공론화라도 될 수 있다는 게 다행이라면 다행인데……. 아마 대개의 택배기사가 저와 같은 생각을 할 겁니다. 그분들이 어떻게 돌아가셨는지 대충 알 것 같다고. 대부분의 택배기사가 처음 일을 시작하고 몇 달 동안은 새벽까지 일합니다. 지리도 모르고, 출입구의 비번도 모르고, 그러니 전화를 수없이 해야 하고, 안 받으면 다시 돌아와서 배송해야 하고. 그렇게 몇 달을 일하다 보면 수면 부족에 신경이 곤두섭니다. 제대로 된 식사도 못 해요. 체력이 안 받쳐주면 사람이 골로 가는 건 한순간이죠. 그걸 다 극복하고 지금의 자리에 있는 사람들입니다. 자기도 까딱했으면 죽었을 거라는 걸 알고 있는 거죠. 그래서 이해하는 겁니다. 택배기사가 왜 죽었는지. 신문 기사의 몇 줄만 봐도 상황이 다 짐작이 되는 거죠. 나였을 수도 있었다. 나일 수도 있겠구나. 마음 깊은 곳에 그런 공포감을 안고 살아가는 겁니다.

※ 이 글은 2021년 계간 《에픽》#05에 수록되었던 논픽션을 수정 보완한 것이다.

4부

이 바닥에는
예술하는 인간들만 있어요

택배로 돌아오니 생활은 다시 안정을 찾았다. 고정된 임금의 위력을 실감했다고나 할까? 이 나이에 실감한 나도 참대책 없는 인간이긴 하다. 전업 작가라는 허영기는 만족시켰지만 대가가 너무 컸다. 식겁한 것이다. 두 번 다시 전업은 꿈도 안 꾸겠다고 마음먹었으니 말 다했다. 평생 먹고살돈이 있다면 모르겠지만. 그냥 이게 '내 업이려니⋯⋯.' 하고받아들였다. 일하며 겨우 시간을 내어 글을 쓰는 삶 말이다. 한번 식겁하고 오니 이게 어딘가 싶었다.

여름의 초입이라는 것도 마음에도 들었다. 택배하면서 바뀐 거다. 예전에는 안 그랬다. 이유야 별거 있나? 더우니까

그렇지. 무덥고 땀나고 습하고. 택배하면서부터는 좋아한다. 땡볕에 땀 흘리고 시원한 물 한 잔 마시면,

'이야, 나 정말 열심히 살고 있는 거 아냐? 나답지 않게 말이야.'라는 착각이 들기 때문이다. 까딱하면, 땀 흘리는 노동의 가치를 소중하게 생각할 정도다. 하지만 속지는 않는다. 그냥 나이를 먹은 건 아니니까.

폭우가 쏟아지는 날은 더 멋지다. 세상이 다 바다니까. 슬리퍼를 신고 우비를 입고서 그 비를 맞아 가며 일한다.

'이야, 나 정말 열심히 사는 것 같은데.' 하는 착각이 더 심하게 든다. 역시, 속지는 않는다.

아무튼 여름. 간만에 돌아오니 어김없이 진상부터 나타났다.

'그럼, 그럼. 진상 없는 택배는 빌런 없는 마블 영화지.'

군인 아파트에 배송을 하는데 아저씨 한 명이 나를 불러 세웠다.

"어이 아저씨. 이 사람 여기 안 사는데 왜 내 집 앞에 둔 거야. 전화를 해서 이사 갔는지 확인하고 배달해야지."

군(軍)에서 이런 사람 많이 봤다. 계급과 자신의 존재 가치가 일치하는 사람들. 뭐라고 대답할까?

"선생님. 군인 사택에 사시는 걸 보니 군인이신 것 같은데

선생님은 하루에 전화 이백 통 하시면서 훈련받고, 행정 보고, 점심도 드시고, 저녁도 드시고, 그래도 심심하면 사격도 하시고 그러시나요? 전 하찮은 택배기사라 그런 용빼는 제주가 없어서 죄송합니다."라고 예전 같으면 말했겠지만 요즘엔 내가 시간이 없다. 그러니까 '1도 알고 싶지 않은 사람에게 내 소중한 시간과 감정을 1도 낭비하지 않겠다.'라고 삿된 결심을 한 지 좀 됐다.

진상도 두 종류가 있는데 미친개와 똥 유형이다. 전자는 때려야 한다. 아님 또 무니까. 후자는 피해야 한다. 밟았다고 화를 내며 또 밟는 짓이야말로 화병으로 죽는 지름길이다. 그래서……,

"아이고 선생님. 감사합니다. 덕분에 알게 되었습니다. 정말 감사합니다." 하고 물건 가지고 그냥 왔다.

*

고(故) 송해 선생은 지하철을 타고 다녔는데, 대개 호의적이었지만 간혹 이런 사람들이 있더란다.

"아니, 돈도 많은 새끼가 서민 흉내야 뭐야?"

그럼 선생은, "아이고 죄송합니다." 하고는 지하철에서 내려 다음 걸 탔단다.

똥에 시간을 투자하면 안 된다. 감정은 더더욱. 같이 똥이 될 뿐이란 걸 오십에야 알게 된 나의 생각이다. 바로 잊고 오디오북 어플을 열었다.

택배를 다시 시작한 뒤로 오디오북을 듣기 시작했다. 김 언수 작가의 『설계자들』을 각색하며 찾아낸 방법이었는데, 처음에는 궁여지책이라 기계음이라도 듣고 있었지만 듣다 보니 익숙해져서 종일 듣기 시작했다. 출근 때부터 퇴근 때 까지 들으니 보통 하루 한 권 정도는 들을 수 있었다. 당연 히 양도 쌓이기 시작했다. 어릴 때부터 줄곧 책을 읽어왔지 만 이렇게 종일 독서를, 그것도 매일 하는 것은 처음이었다. 그날그날 기분 내키는 대로 철학, 문학, 역사, 종교 등 가리 지 않고 들었다. 배송 말고는 다른 걸 할 수 없으니 책을 듣 기에 무척이나 좋은 환경이기도 했다. 하지만 딱히 머리에 남기는 건 없었다. 학위를 따려고 듣는 건 아니니까. 그저, 택배만 하면 지겨우니 생각을 딴 데로 보내는 방편일 뿐이 었다. 제목도 작가도 기억하지 않았다. 문장을 듣고 와닿으 면 한 번 곱씹고, 흘러가는 것은 흘러가는 대로 그냥 내버려 두었다. 한두 번 쓸데없는 책도 들었다. 그러니까 내 소설 두 권 같은 거 말이다. 그토록 지겨웠던 택배가 비로소 할 만했다. 매일매일이 도서관으로 출근하는 기분이었다.

　퇴근 후 글은 쓰지 않았다. 써지지 않아서. 존 스타인벡의 말이 생각났다.

　"글쓰기를 업으로 삼는 것에 비하면, 경마는 건실하고 안정된 사업이다."

　불안정한 사업에 투자하여 원금도 못 건진 탓인 것 같았다.

*

　7월에 팀장의 전화가 왔다.

　"작가님, 많이 바쁘시죠?"

　역시나 밝은 목소리였다.

　"안 바쁩니다. 퇴근했어요."

　"벌써요? 아직 저녁 일곱 시밖에 되지 않았는데요?"

　"구역을 좀 줄였어요. 물건도 크기가 많이 줄었고요."

　"다행입니다. 이제 좀 덜 힘드시겠어요."

　"예. 돈도 덜 됩니다."

　'이 작가 또 시작이네.' 싶은지 팀장은 바로 본론으로 들어갔다.

　"다음 달에 전자책 플랫폼에서 『파괴자들』 책이 선출간되는데요.”

“예.”

“그쪽에서 서면 인터뷰를 진행했으면 하는데 괜찮으시겠어요?”

잠시 생각해봤다.

“안 하면 안 됩니까?”

“아, 그게 저 저희에게 좋은 조건으로 선출간하는 거라 안 하시면은 좀…….”

‘피할 수 없다는 얘기군.’

“메일로 주시면 써서 보내드리겠습니다.”

“예. 감사합니다. 그리고 한 가지가 더 있습니다.”

“뭐죠?”

“작가님 친필로 인사말과 사인이 필요합니다.”

“예? 아니, 그딴 걸 어디다 쓰게요? 제가 무슨 대문호도 아니고 그냥 동네 아저씨인데. 도대체 동네 아저씨 사인을 받아 가는 사람이 누가 있다고요?”

“아이고, 작가님. 작가님 정도면 좋은 작가님이시죠. 어디 가서 그런 말씀하시면 안 됩니다.”

‘응? 벌써 많이 하고 다녔는데. 아무튼 피할 수 없다는 말이군.’

“알겠습니다. 써서 보내 드리겠습니다.”

"아, 그러지 마시고 한동안 뵙지도 못했는데 술 한잔하실까요? 거기서 간단히 쓰시면 제가 전달하겠습니다. 월요일이 괜찮으시죠?"

"예."

"그럼 이번에는 합정에서 뵐까요? 다섯 시쯤?"

"제 집에서 멉니까?"

나는 배송 구역 말고는 서울 지리를 잘 모른다.

"버스 타고 지하철 갈아타면 한 시간 정도 걸릴 겁니다."

1시간이면 내겐 해외여행이다. 하지만 항상 팀장이 우리 동네로 왔고 굳이 합정에서 보자고 할 때는 피치 못할 사정이 있을 것 같았다.

"알겠습니다. 시간 맞춰 가겠습니다."

월요일, 캐리어를 끌고 나가진 않았다. 지하철은 대림동을 지나고 있었다. 잠시 풍경을 유심히 보았다. 이곳에서도 몇 개월 택배를 했다. 미로 같은 골목길과 시장 지역은 수레를 끌고 한 집 한 집 쳐야 했다. 중국인이 많아 주소를 확인하는 데도 애를 먹었다. 상대는 중국말, 나는 한국말. 물건은 무겁고, 배송은 느리고, 퇴근은 새벽 한두 시. 보통 사람들은 아는 지역을 지나면, '저기서 고등학교를 나왔지.' '저 골목에서 데이트를 했지.' 뭐 그런 얘길할 텐데 나는 '아, 저 동네에서 택배를 했지.' '아, 저 동네도 택배를 했지.' '아, 저 건물 배송하기 정말 더러운데.' 뭐 이런 기억만 있다. 그런 생각을 하는 사이 한강을 건너 합정에 도착했다. 약속 장소로 가 소주를 마시며 대화를 나누었다.

"이번에 러시아번역원에서 문의가 들어왔는데요. 작가님 책『침입자들』번역 관련 문의였습니다."

"오, 멋진데요. 톨스토이와 도스토옙스키, 솔제니친의 나라잖아요. 러시아 문학 많이 읽었는데. 제 책이 러시아어로 번역된다는 말이지요?"

"아, 그게 아직 문의 전화만 온 상태라서요."

좋다 말았다.

"아, 그리고 전자책 플랫폼에서도 작가님 책 좋다고 난리입니다. 여름 휴가철을 겨냥해『파괴자들』이 딱일 거라고도 하고요. 아무래도 영미 스타일의 하드보일드 소설이잖습니까?"

"우리나라에서 그런 장르는 안 팔려요. 독자층도 얇고. 그냥 제가 좋아하는 거라 쓴 거죠."

"작가님이 개척자가 되시면 되지요."

팀장과 대화를 나눌 때마다 항상 드는 생각이지만 절대 작가의 비위를 거스르는 법이 없다. '제대로 된 사람이다.' 싶다. 덜된 인간을 앞에 두고도 흐트러지지 않는다.

"그건 그렇고, 이제 슬슬 세 번째 소설을 쓰셔야지요?"

"글쎄요. 요즘은 글이 잘 안 써져서."

"『침입자들』, 『파괴자들』, 일 년에 한 권씩 장편을 쓰셨지 않습니까? 내년에도 한 권 내셔야지요. 저희 대표님도 그러시더라고요. 이렇게 열심히 쓰는 작가를 안 밀어주면 어떤 작가를 밀어주겠냐고요."

대표를 본 적도 없고 볼 일도 없으니 진위 여부는 가릴 수가 없었다. 하지만 '프로 편집자들은 다 이런 자세를 가지고 있나?' 싶어 조금 감탄하기는 했다.

"그리고 이번에 부산국제영화제에 작가님 책을 들고 갈 생각입니다."

"영화제요? 제 책은 소설이잖습니까?"

"아, 출판 관련 부스가 따로 있습니다. 2차 판권을 파는 거죠."

그렇다니 그런가 보다 했다. 한동안 잡담을 나눈 후 헤어져 집으로 돌아왔다. 다음 날, 어떻게 왔는지 기억이 나지 않았다.

그 주에 전 PD의 연락이 왔다. 사무실에 한번 놀러 오라는 거였다. 『파괴자들』 시나리오도 거절된 상태라 딱히 할 얘기도 없는데 '뭐지?' 싶었다. 가보니 내 시나리오를 자기

인맥들에게 보여주고 있는 듯했다. 그냥 사장시키기 아깝다기보단, 어떻게든 다른 회사라도 연결을 시켜주고 싶은 모양이었다. 이런저런 애기를 들으며 '신경 써주니 고맙긴 한데 내가 뭐라고 이렇게까지 해주나?' 싶어 미안한 마음이 들었다. 진행 상황을 다 듣고 나서 사무실에 앉아 족발에 소주를 마셨다.

"천 감독님 계신데 말씀 나누실래요?"라고 물어서 좋다고 대답했다. 천명관 작가는 이전에 사무실에서 몇 번 본 적이 있다. 개인적인 친분이 있는 것은 아니고 일면식 정도였다. 그날은 김언수 작가의 소설『뜨거운 피』감독을 끝내고 다음 시나리오를 쓰는 중이었다. 천 작가는 술을 마시지 않아 간혹 시간이 나면 한담이나 나누는 정도였다. 하지만 작가들에게 록스타는 좋아하는 작가이기 때문에 짧게 얘기를 나눠도 무척이나 기쁠 수밖에 없다. 나는『고령화 가족』의 팬이라 그 소설에 대해 여러 가지 물을 기회가 있었는데 뭐랄까? 연예부 기자가 스타를 인터뷰하는 기분이었다.

"정 작가는 판권을 팔았어?"

이런저런 애기가 오가던 중에 천 작가가 물었다. 천명관 작가에게 정 작가라는 호칭을 들을 때마다 좋았다. 나의 허영기가 충족되고도 남았다.

"『침입자들』은 팔았고요. 이번에 나올 책은 아직요."

"판권을 팔아야 해. 책만 팔아서는 못 먹고살아."

작품『고래』로 소설의 서사란 이런 것이다, 라는 것을 증명한 작가로 문단에서 평가받는 천명관 작가의 말이었다.

"그러게요. 슬슬 노후가 걱정되긴 합니다. 폐지나 안 주우면 다행이겠어요. 그분들이 어떻다는 게 아니라."

"나도 마찬가지야. 두려워."

"저희 다 나이가 들어서 그런 거 아닐까요? 인생이란 게 외풍 한번 잘못 맞으면 훅, 날아가 버린다는 걸 아니까요."

족발을 오물거리며 말했다.

"그렇지."

분위기가 조금 가라앉았다. 먼저 입을 연 것은 천 작가였다.

"참, 민규 소개해줄까? 저번에 고등학교 동문이라고 하지 않았나?"

"박민규 작가님요?"

오물오물.

"응."

"선배이긴 한데 같이 학교를 다닌 적도 없는걸요."

오물오물.

"그래도 동문이잖아."

"아뇨. 좋아하는 작가님이긴 한데 면 트고 이러는 거 쑥스러워서 싫습니다. 말씀만 감사히 받을게요. 그런데 『죽은 왕녀를 위한 파반느』 문장이 너무 좋지 않아요?"

"민규가 문장을 잘 쓰지. 그런데 정 작가는 다음 작품은 뭘 쓰려고?"

"일단 제목은 정했는데……. '어느 연약한 짐승의 죽음'이라고."

"많이 들어본 제목인데?"

"장 폴 벨몽도가 나왔던 영화예요. 영화 《프로페셔널(Le Professionnel)》의 원작 소설이죠."

"음. 알 것 같다. 그런데 그 영화가 정 작가 연배의 영화는 아니지 않나? 훨씬 더 전 영화일 텐데?"

"어릴 때 부모님이 영화관을 안 보내줬어요. 그래서 주말의 명화, 토요 명화, 이런 것만 봤죠. 제 아내는 백인 할배 취향이라고 하는데 어쩌겠어요? 취향이 형성될 때 본 게 오륙십 년대 할리우드 영화 아니면 프랑스 영화인데."

그렇게 시작된 얘기는 영화로 흘러갔다. 천 작가가 약속이 있어 사무실을 떠날 때까지 말이다. 전 PD와 둘만 남았을 때 내가 먼저 입을 열었다.

"다음부터는 동네 근처에서 만나자. 아님 우리 집에서 보던가."

"형님, 택배하고 멀리 나오시려면 많이 피곤해서 그러신 거죠?"

"뭐, 그런 것도 있는데 저번에 편집팀장하고 만난 후 집에 갔는데 기억이 안 나더라고. 말도 너무 툭, 내뱉고 말이야."

"그럼 술을 좀 줄이시는 게 어떠세요?"

"그게 안 되니까 그렇지. 원래 말투도 술이 되면 더하고."

"그럼 고치시면 되잖아요."

젊어서 그렇고 착해서 그렇다고 생각했다. 좀 더 나이가 들면 조언 같은 건 하지 않는다. 그냥 손절할 뿐이다. 더 이상 주위의 조언도 없고, 딱히 삶의 위기도 없으면 사람은 꼰대가 된다.

"습관은 고치기 힘들지. 노력, 고통, 인내, 시간, 뭐 이런 게 필요하단 말이야. 난 그런 무거운 단어는 들고 다니지 않지. 포기, 타협, 체념, 이런 가벼운 단어들을 좋아한단 말이야. 그래서 방법을 생각해냈지."

"뭔데요?"

"사람을 안 만나면 돼."

"예? 보통 술버릇을 고치지 않나요?"

"안 되더라니까. 노력하는 것도 귀찮고. 안 만나면 고칠 필요도 없고 말이야."

전 PD가 황당하다는 듯한 표정을 지었다.

"형님, 사람을 안 만나고 어떻게 살아요?"

"난 돼. 택배하면서 연습 많이 해서 아무렇지도 않아."

"그럼 저는요?"

"너야 뭐, 이미 들켜버렸으니 어쩔 수 없지. 다만 네가 괴로울 것 같아서 미안하긴 하다. 내 버르장머리를 참는 것도 여간 일이 아닐 텐데 말이야. 생각이 바뀌면 언제든 손절해도 돼."

전 PD가 말도 안 되는 소리라는 듯 나를 바라보았다.

"에이, 형님. 이 바닥에는 예술하는 인간들만 있어요. 형님은 그 축에 끼지도 못해요. 전혀 걱정하실 것 없습니다."

사람을 위로하면서 총살하는 재주가 있었다.

'음, 좀 배워야겠는데.' 싶었다.

다음 날, 역시 집에는 어떻게 왔는지 기억이 나지 않았다.

얼룩말 그 친구가
성질은 좀 더럽지만

마흔 초반에 대학교 후배를 만난 적이 있다. 같은 동아리 출신들의 술자리에서였다. 대뜸 후배가 물었다.

"오빠, 저 이번에 서른두 평 아파트 샀어요."

상당히 자랑스러운 얼굴이었다. 그 얘길 왜 나한테 하는지는 이해하지 못했고. '남편과 본인의 문제를 나에게 왜?'라고 생각했다. 다음 말을 들으니 이해가 됐다.

"오빠 아직 집 없죠?"

당연한 얘기였다. 운영하던 회사가 망하고 10년 넘게 직업을 전전하던 때였으니까. 그때는 아마 보험회사를 다니며 세일즈를 하고 있었을 거다. 최저 생계비도 벌지 못하는 실

적이었다. 딱히 부끄럽지는 않지만 모친의 집에서 40년 넘게 얹혀살고 있었고. 캥거루족의 원조라고도 할 수 있겠고 그런 사회현상의 의도치 않은 개척자라고도 할 수 있겠다. 아무튼 없으니 없다고 대답했다. 그랬더니 후배가 말했다.

"부럽지 않아요?"

매사에 상대의 의도를 판단하는 데 느리다. 하지만 그 얘기를 듣고 있자니 아무리 그런 나라도 알 수밖에 없었다. 줄곧 내가 마음에 들지 않았다는 것을……. 그럴 만도 했을 것 같다. 나는 엉덩이에 뿔이 난 사람이라 지금보다 젊었을 때는 꽤 많은 사람을 들이받고 살았으니까. 인과응보라고는 생각하지 않지만 누군가를 그렇게 대했을 때는 자신도 그런 입장에 처할 수 있다는 것 정도는 알고 있었다. 그러니 그렇게 살았겠지. 상관없다고 생각했으니까. 아무튼 후배가 원하는 대답은 바로 알 수 있었다.

"부럽네."

"그렇죠? 부럽죠?"

다시 한번 확인 사살하듯 후배가 물었다. 나는 가만히 고개를 끄덕인 후 대답했다.

"응. 부럽네. 그런 사소한 일에 행복할 수 있다니 말이야."

내 말을 들은 후배의 그 미묘했던 표정의 의미는 지금도 알 수가 없다.

물론 지금의 나라면 그런 대답을 하지는 않을 거다. 인간의 본질은 어지간해서 변하지 않지만 나이가 들면 좀 더 숨길 수는 있게 되니까. 그러니 상대가 의도가 어떻든, "그래. 고생했겠네. 잘됐다."라고 대답을 하겠지. 물질을 추구하는 게 나쁜 것도 아니고, 본인이 그렇게 살고 싶고 적성에 맞는다면 그렇게 사는 거다. 다만 나는 딱히 물질에 관심이 많은 사람이 아니다. 누군가 궁전을 하나 지어주면서, "부담 갖지 마. 공짜야."라고 말하면 "아, 그럼 뭐." 하겠지만, "50년 분할 상환이니까 월급의 20%를 매월 은행에 납입하면 돼."라고 말한다면, '그렇게까지 해서 이런 곳에 살아야 하나?'라고 생각하는 쪽이다. 물론 내 수입으로 그렇게까지 해서 살수 있는 건 궁전이 아니라 9평 원룸도 가능할지 의문이지만.

어릴 때부터 뜬구름 잡는 단어가 좋았다. 불변의 진리, 진실, 도, 삶의 의미, 그러니까 밥은 고사하고 쌀 한 톨 떨어지지 않는 그런 단어들 말이다. 그때의 나는 진리라는 것이 어딘가에 보물처럼 묻혀 있어서, 운이 좋아 발견만 한다면 삶의 부침에 흔들리지 않고 평안하게 살 수 있을 거라고 생각했다. 스케일이 컸다. 기껏 아등바등 돈 따위를 모을 것이 아니라 어떤 세파에도 흔들리지 않는 삶의 본질인 진리를 획

득해야 한다고, 그래서 평정 속에서 한세상 살고 싶다는 욕심을 부리고 있었으니까. 천성인지 업인지 혹은 트라우마인지는 모르겠지만 줄곧 그런 유형의 인간이었다고 생각한다. 그리고 이런 터무니없는 욕심은 이후 삶의 전반에 걸쳐 엄청난 폐해를 남기게 된다. 당연한 얘기다. 진리는 그 자체로 추구하는 것이지 삶의 득실로써 따지는 게 아니니까. 돈에 대한 집착이나 진리에 대한 집착이나, 욕망이나 집착임에는 아무런 차이가 없다. 하지만 그런 사실을 알기에 나는 너무 어렸고 그 생각이 깨진 것은 삶의 늦은 가을, 어느 밤의 일이었다.

나는 자기계발서나 성공학 책을 잘 읽지 않는다. 나쁘다는 게 아니다. 내게 맞지 않아서지. 심리학적으로 인간 유형을 나누는 방식은 많은데 나는 아주 단순하고 간단하게 나눈다. 초식, 육식, 식물, 세균. 여기서도 좀 더 세분화할 수는 있겠지만 큰 틀에서 내 경우는 초식이다. 그러니까 토끼 같은 포유류. 아무리 나빠 봐야 기껏 성질 나쁜 토끼인 거다. 풀이나 뜯어 먹고 굴에 들어가 혼자 조용히 살 수 있다면 만족하는 유형이다. 이런 나에게 사바나 초원에서 얼룩말이나 임팔라를 잡아먹어야 한다고, 사자나 표범 같은 삶을 살아야 한다고 귀에 딱지가 앉도록 얘기를 해봐야, "삶은 네

잎 클로버로 충분한 거 아냐? 뭐가 더 필요하지?"라고 대답할 수밖에 없다. "도대체 쓸데없이 초원은 왜 뛰어다녀? 얼룩말 그 친구가 성질은 좀 더럽지만 그렇다고 잡아먹는 건 너무 심하잖아?"라고 대답할 수 있을 뿐이다. 잘났다거나 고고하다는 얘기가 아니다. 관심사가 다르다는 얘기고 세상에는 이런 유형의 인간도 있다는 거다. 사자에게 풀을 먹으라는 것도 웃긴 일이지만, 토끼에게 고기를 먹으라는 것도 마찬가지로 웃긴 일이지 않은가.

사람들이 돈을 추구하는 건 좋게 말하면 자신을 증명하는 데 에너지를 쓸 필요가 없기 때문이고, 나쁘게 말하면 타인을 무시할 수 있기 때문이다. 후자가 훨씬 더 재미있는 일이고 말초적이며 중독성이 강하다. 한번 맛이 들리면 헤어나기 힘들고 적어도 겉으로 보기에는 편한 삶으로 보인다. 그리고 대개의 사람이 그런 사람들을 만나, 살면서 몇 번쯤은 호되게 당한다. 저러지 말아야겠다가 아니라 나도 저 위치에 가서 당하지 않겠다가 보통 사람의 생각일 거다. 하지만 세상에는, '역시 동굴 밖은 공기가 너무 탁해. 여기서 나가고 싶지 않아.'라고 생각하는 인간들도 있는 법이다. 이런 유형의 사람들은 사는 게 버겁다. 별것 아닌 일에도 상처받고 때로는 삶과 목숨을 저울질하게 되니까. 경쟁사회에서 낙오나

도태되기 십상이다. 애초에 경쟁이라는 개념 자체가 잘 수용이 되지 않기 때문이다.

어느 동화작가의 인터뷰를 본 적이 있다. 초등학교 때부터 학교를 가는 것이 무척 싫었다고 했다. 아니, 견딜 수가 없었다고. 특별히 무슨 일이 있었냐고 묻자 고개를 저으며 이렇게 말했다.

"아뇨. 아무 일도 없었어요. 단지 그 모든 생활 자체가 싫었어요."

별것 아닌 말 같지만 나는 그 말이 귀가 아니라 가슴으로 바로 들렸다. 돌아보니 나 역시 그랬으니까. 규범, 관습, 사회, 인간관계 등등 모든 것이 나에게는 맞지 않았다. 하지만 맞추려고 노력했다. 그게 바른길인 줄 알았으니까. 맞는 것인 줄 알았고.

물론 지금은 전혀 그렇게 생각하지 않는다. 인간은 반드시 사회에 적응할 필요가 없으며, 맞지 않으면 도망가면 된다고. 별것 아닌 말이지만 내 경우는 이 생각까지 오는데 많은 대가를 치렀다고 생각한다. 앞의 작가처럼 자신에게 솔직하지 못했으니까. 사자나 표범, 하다못해 하이에나나 코요테였다면 그런 삶의 방식이 맞았을 거다. 아니, 아주 잘 맞았겠지. 하지만 나는 겨우 성질 나쁜 토끼였기 때문에, 짧은 다리로 사바나 초원을 뛰어다니는 것도, 내겐 쓸모도 없는 얼룩말이나 임팔라 고기를 얻기 위해 그들의 뒤를 쫓아다니는 것도, 그러다 뒷발에 수없이 걷어차이는 것도, 그저 괴롭기만 할 뿐 아무 의미도 없는 일이었다. 하지만 그런 사실을 깨달은 건 마흔다섯이 되어서였다. 택배를 하면서부터다.

《콘돌》이라는 일본 드라마가 있다. 은행의 내부 비리를 목격한 주인공이 사직서를 건네며 은행장에게 이런 말을 한다.

"올해 저는 마흔일곱, 다시 뭔가를 시작하기에는 너무 늦은 나이일지 모릅니다. 하지만……."

호흡을 잠시 가다듬은 주인공이 말을 잇는다.

"이렇게 살기에는 너무 많이 남은 나이입니다."

괴테는 인생은 속도가 아니라 방향이라고 했다. 평생 삽질을 한다 해도 물이 나올 곳을 파는 것과 사막에서 파는 것은 그 결과가 천양지차다. 의미와 무의미만큼의 거리가 있는 것이다. 사회생활이 안 맞는 사람이 적응하려 애쓰면, 혹여 운 좋게 남들 보기에 외적으로는 성공적인 삶을 산다 해도, 내적으로는 반드시 골병이 들게 되어 있는 것이 인간이다. 내 인생이 아니라 남이 원하는 인생을 사는 것이니까. '나'가 빠진 인생에 내실이 있을 리가 없다. 가면과 껍데기만이 있을 뿐이다.

"오빠, 이번에 서른두 평 아파트 샀어요."

어떤 이에게는 그것이 성공한 인생일 것이다. 하지만 누구도 내게 가르쳐주지 않았다. 어떤 이에게는 아무 의미도 없는 일이 될 수 있다는 것을. 앞서도 말했지만 나는 마흔다섯에 겨우 그것을 깨달았다. 너무 늦은 나이였다. 하지만, 계속 그렇게 살기에는 너무 많이 남은 나이였다.

안데스산맥
어디쯤

그렇게 살기에는 너무 많이 남았다는 생각으로 첫 출간까지 견딘 것 같다. 그러나 이런 마음도 10월에 『파괴자들』이 나오고부터는 많이 흔들렸다. 선출간 이벤트로 구매한 책 3,000부를 빼면 초판 2,000부를 겨우 넘겼다. 인세가 500도 되지 않았다. '작가로서 생계를 꾸리긴 힘들겠군.' 하는 생각이 들었다. 지렁이라면 흙만 파먹고 글을 쓰면 되겠지만, 난 지렁이가 아니었고 지렁이가 소설을 썼다는 얘기도 들어본 적이 없었다.

작가의 허영기도 덩달아 빠졌다. 모세가 인도하고, 홍해가 갈라지고, 젖과 꿀이 흐르는 가나안 땅이 나오리라 기대한 것까지는 아니지만 '뭐, 그래도 지금보단 좀 더 멋진 인생이 기다리고 있지 않을까?' 싶었다. 변한 건 없었다. 그저, 피라미드 공사 현장의 인부들에게 택배를 배달하는 일에 '작가'라는 직업만 하나 더 붙어 있을 뿐이었다. 여전히 내가 딛고 있는 땅은 이집트였다. 허영기라도 충족되었다면 그런대로 작가 생활을 즐길 수 있었겠지만 막상 대하고 보니 그 역시 별것 없었다. 그릇도 소주잔이었지만 허영기도 소주잔이었다. 일관성이라면 일관성이긴 했다. 독자 몇 분을 개인적으로 만난 적이 있는데, 다 좋은 분이었고 재미도 있었지만 작가에 대한 기대감이 부담스러웠다. 가톨릭의 기도문 중에, "한 말씀만 하소서. 내 병이 곧 나으리로다."라는 구절이 있는데 미량이나마 그런 분위기가 있어 내 성격과는 맞지 않았다. 한마디만 해도 상대가 병이 안 나면 다행이다 싶은 사람이다. 이후로는 누구와도 만나지 않았다.

독자들의 서평도 마찬가지였다. 좋은 서평은 고마웠지만 잠깐의 즐거움일 뿐 나의 일상이 될 순 없었다. 악평을 읽으면 기분만 나빠졌다. '남의 책 함부로 발로 차지 마라. 너는 한 번이라도 장편소설을 쓴 적 있느냐?' 싶었다. 하지만 이 역시 일상은 아니었다.

결국 남은 것은 택배와 쓰는 일뿐이었다. 혼자서 살아가야 한다는 변함없는 사실에 모든 게 시큰둥해졌다. 가뜩이나 써지지 않던 글이 더 써지지 않았다. 포기에 가까웠던 것 같다. '후배의 32평 아파트에 대한 욕구와 나의 소설 판매 욕구가 뭐가 다른가?'도 싶었다. 물질에 대한 소유욕이나 인기와 명예에 대한 허영이나 다 같은 집착일 뿐이다. '굳이 작가로 계속 살아야 하나?'라는 의문만이 자랐다.

오히려 그토록 힘들었던 택배 노동자의 삶이 편해지기 시작했다. 일하고, 술 마시고, 영화 보고, 자는, 단순한 생활이 마음에 들었다. 하루가 지나면 그만큼 작가라는 직업에서는 멀어졌다. '상관있나?' 노동자로 살다 죽는 것도 나쁘지 않겠다 싶었다. 사람이 나이 마흔을 넘기면 대개 한두 번 맛보았던 것들이라 딱히 욕심이나 욕구도 생기지 않는다. 작가의 허영기도 더 이상 나의 시선을 끌지 못하니, 결국은 '에라 모르겠다. 아무것도 하지 않고 있지만, 이제는 고민 없이 더 아무것도 하고 싶지 않다.'라고 생각한 후, 백수 과로사를 목표로 퇴근 후에는 줄곧 놀기만 하는 생활이 계속되었다.

출근하면 불경 같은 종교 서적만 종일 듣다 보니 택배기사와 작가라는 직업이 다르게 느껴지지도 않았다. 멀리서 보면 다 같은 인생일 뿐이었다. 성경에, '들의 백합화가 어떻게 자라는가 생각하여 보라. 수고도 아니하고 길쌈도 아니하느니라. 그러나 온갖 영화를 누린 솔로몬도 이 꽃 하나만큼 차려입지 못하였다. 오늘 있다가 내일 아궁이에 들어갈 들풀도 하나님께서 이와 같이 입히시거든, 하물며 너희일까 보냐?'라는 말의 의미가 조금씩 와닿았다. 삶이란 그저 매 순간을 살아가는 것일 뿐이라는 생각만 들었다. 내일이나 미래를 걱정하여 계획하는 것이, 오늘과 지금을 버리는 허튼짓이라는 생각만 들었다. '뜰 앞의 잣나무', '개에게는 불성이 없다', '차나 마셔라' 하는 선문답이 똥 눌 때 똥 누고 밥 먹을 때 밥 먹으라는 뜻이며 성경의 말씀과 다르지 않은 것도 같았다. 공(空)하다는 것이 없다는 뜻이 아니라 매일 게 없다는 뜻임을 그제야 어렴풋이 느끼기도 했다. 매일 게 없으면 매 순간을 놓치거나 버리지 않고 온전히 삶을 삶으로 살아갈 수 있을 것도 같았다.

때때로 편안했고 간혹 너무 평온했다. 육체의 고단함은 노동에 대한 익숙함이 해결해줬다. 막 서울에 올라와 회사 컨테이너에 살 때의 기분과 비슷했다. 사는 건, 작은 옷 가방 하나를 두고 이불도 베개도 없이, 택배하고 잠만 자던 때라 가장 초라했지만, 인생에서 가장 행복한 순간이었던 그때 말이다. 땡전 한 푼 없었기 때문에 회사에서 매주 10만 원 가불을 받아서 그 돈으로 기름을 넣고 저녁 한 끼의 식사를 하고 착불이 있으면 담배와 소주를 샀다. 정말이지 마흔다섯의 나이에 가진 건 아무것도 없었고 빚만 넘치게 있었지만 무척이나 행복했다. 어떤 욕망도 없었으니까.

아침 여섯 시 오십 분에 일어나 터덜터덜 컨테이너 근처의 터미널로 출근해 까데기를 치고, 오전 열한 시쯤 배송을 시작하면 밤 열두 시를 너머 퇴근하는 생활이었다. 그렇게 한 주의 끝에 다다라 일요일이 오면, 새벽에 새소리가 들리고 길냥이들의 울음이 나를 깨웠다. 그럼 여름 햇살을 따라 털레털레 걸어 구멍가게에서 소주와 담배를 사서 다시 컨테이너로 돌아왔다. 강소주에 담배를 몇 대 피운 후 노트북을 열어 얼마쯤 글을 쓰다가 음악을 틀어 놓곤 책을 읽었다. 오전의 생기와 오후의 정적, 밤의 고요가 창밖으로 지나는 동안, 출간의 가능성도 희박한 소설을 쓰고 담배를 피우고 과거의 기억인 양 소주를 비웠다. 현실은 무척이나 암울했지만 희망(에 따른 욕망)이 없다는 사실이 그렇게 좋을 수 없었다. 희망이 없는 자유. 그 이불이 주는 포근함의 감촉을 지금도 잊을 수 없다. 이제는 글을 쓰지 않는다는 것만 빼고는 그 시절이 다시 돌아온 기분이었다.

하지만 컨테이너의 생활은 사회적인 구속에서 풀려난 해방감이었을 뿐이며, 글을 쓰지 않는 생활은 포기한 자의 편암함이었을 뿐이라는 것을 얼마 지나지 않아 알게 되었다. 그것은 진정한 자유가 아니라 유사품이었다는 것을 말이다. 하지만 깨달음은 항상 늦게 오는 법이라 해를 넘기고 다음 해 늦은 봄까지 그렇게 어영부영 계속 살았다. 매년 한 권씩 책을 내겠다는 생각은 이제는 기억에서 희미해져 있었다.

*

그때 편집팀장의 연락이 왔다. 6월이었던 것 같다.

"안녕하세요, 작가님. 그동안 잘 지내셨죠?"

기쁨 빵을 파는 상점을 혼자만 알고 가서 먹고 오는지 항상 목소리가 밝다.

"예. 일 안 하는 시간은 잘 지내고 있습니다."

"별일 없으시다니 다행입니다. 혹시 다음 주 월요일에 시간 괜찮으세요?"

3년 정도 알고 지내니 딱히 내 말에 통역이 필요 없는 사이 정도는 된 것 같았다. 적당히 내 말을 무시하는 걸 보니 말이다.

"예."

"알겠습니다. 자세한 얘기는 만나서 드리겠습니다."

동네 고깃집에서 만났다. 한 점 집는데 편집팀장이 본론을 꺼냈다.

"이번에 제가 독립을 했습니다."

잠시 멈칫했다.

"쉽지 않은 결정을 하셨군요."

"예, 뭐, 그래서 겸사겸사 인사도 드릴 겸 뵈러 왔습니다. 작가님도 예전에 사업을 하셨으니 조언도 좀 들을까 하고요."

"망하는 법을 알고 싶다면 그건 가르쳐드릴 수 있어요. 성공은 다른 분에게 여쭤보시고요. 그러니까 사업에 대해서는 1도 몰라요."

"에이, 작가님, 겸손이십니다. 전에 얼핏 들으니 잘하신 것 같던데요."

나는 소인배라 겸손 같은 무거운 단어는 들고 다니지 않는다. 콩알만 한 거라도 자랑할 거리가 있으면 남에게 수박 크기만큼 떠들어야 직성이 풀리는 인간이고. 아무래도 예전 술자리에서 뭘 좀 잘못 들은 듯했다. 하지만 잘잘못을 따지자는 게 아니니 소주나 마셨다. 출판사 생활이 조금 나오고, 그 생활의 애환이 얼핏 나오고, 앞으로의 계획이 조금 나왔다.

"그래서 이번에 작가님과 에세이를 한번 내 보려고요. 소

211

설은 기존 출판사가 있으니 무리고요. 저와는 에세이 어떠세요?"

별생각은 없었다. 다만 두 권의 소설을 출판하는 데 있어 큰 신세를 졌으니 '그럼 건투를 빕니다.'라며 악수나 하고 헤어질 수도 없는 노릇이었다.

"써보지요, 뭐."

"감사합니다. 작가님께 부담을 드리는 것 같아서 걱정을 많이 했는데 흔쾌히 응해주셔서요."

그다지 걱정한 얼굴은 아니었다.

"덕분에 출간했으니 저도 신세를 갚아야지요. 번창을 기원합니다, 라는 말씀만 드리고 내빼기에는 양심에 걸리잖아요. 뻔뻔해지고 싶은 마음은 있는데 얼굴에 철판을 깔 만큼은 안 돼서 이럴 때 참 제가 많이 곤란하긴 합니다."

팀장이 내 말에 웃었다.

"부담스러워하지 말라는 뜻으로 하시는 말씀인 거 다 압니다. 이번에 멋진 책 낼 수 있도록 최선을 다하겠습니다."

답할 말이 없어 술이나 마셨다.

대답은 했지만 생활은 마찬가지였다. 어영부영이 일상이었다. 그러다 7월에 남미 독자들의 반응을 보자 마음에 조그

마한 파문이 일기 시작했다.

남미에서 내 책이 번역 출간된 계기는 우연이었다. 한국 번역가분이 『침입자들』을 일부 번역해서 인스타에 올렸고, 이를 본 아르헨티나의 한 출판사가 정식으로 판권 문의를 해왔다. 계약은 했지만 그 뒤로 소식이 없어서 거의 잊고 지내던 참이었다.

번역자분이 출간 소식을 알려주셔서 인스타를 찾아봤다. 포르투갈어를 쓰는 브라질을 제외하곤 남미 전역을 대상으로 판매가 되고 있었는데, 역시 판매량은 별로인지 인스타 피드가 많지는 않았다. 그래도 얼마쯤 찾아 읽어보니, 비트 세대의 소설을 읽는 것 같다느니, 여성, 빈민, 노동자의 삶을 잘 녹여냈다느니, 너무 감동적이라느니, 뭐 그런 평들이 있었다. 읽고 있자니, '도스토옙스키의 카라마조프 형제들 속편을 나도 모르는 사이에 내가 썼나?' 싶었다. 하지만 서평의 내용보다 내게 와닿았던 것은, 다른 나라에 번역되어 그 나라 독자들이 내 소설을 좋아해 준다는 사실이었다. 국내에서의 판매량이 신통치 않아서, '딱히 읽히지도 않는 소설을 계속 써야 하나?' 싶었는데, 번역된 소설을 읽고 좋아하는 사람들이 있다는 사실이 힘이 됐다. '언어가 달라도 가닿을 수 있다면 내 소설이 그렇게 나쁘지는 않을지도 모른다.'

라고 말이다.

　다시, 써야겠다는 마음이 들었다. 독자들이 받아들여 줄 때 느끼는 작가의 허영기였다. 하지만 너무 오랫동안 글을 쓰지 않은 터라 책상 앞에 앉는 것조차 힘이 들었다. 의자는 태평양의 심연 한가운데 가라앉아 있는 것 같았고, 책상은 안데스산맥의 어딘가에 놓여 있는 기분이었다. 글 쓰는 습관을 잃어버린 것이었다.

인생을
날로 먹고 싶어요

다른 일도 그렇지만 글도 습관이다. 몸과 똑같다. 쉬면 살이 붙고 붙을수록 뛰기 힘들다. 몇 걸음 걷지 않아도 숨부터 차온다. 내가 그랬다. 몇 문장을 쓰면 더 나아가는 것이 아니라 놀고 싶다는 생각밖에 들지 않았다. 의자에 앉아 있는 것조차 고역이었다. 그럴 수밖에 없는 것이 거의 1년 반을 퇴근하고 놀기만 했으니까.

에세이라는 장르도 문제였다. 소설이라면 서사나 대사, 플롯이나 스토리에 의지할 수 있다. 무엇보다 허구다. 하지만 에세이는 작가의 철학이 핵심이다. 고만고만한 인생을 고만고만하게 살아온 내가, 세상에 던질 수 있는 말이 있나 싶기도 했고, 무엇보다 딱히 던지고 싶은 말도 없었다. 부탁을 거절하지 못해 약속은 했지만 괜한 짓이었다는 생각밖에 들지 않았다. 좀 더 젊었을 때는 신문에 칼럼을 쓰기도 했지만 한때의 치기였을 뿐이다. 젊다는 게 그렇다. 사람이 얼마나 무서운지 몰라서 쉽게 친구를 사귀고, 사랑이 얼마나 무거운지 몰라서 쉽게 사랑에 빠지고, 삶이 얼마나 깊은지 몰라서 쉽게 뛰어든다. 하지만 그 무지함이 젊음의 힘이고 그 속에서 인생을 알아가는 것일 테지만, 더 이상 예전만큼 젊지 않은 나에게는 무리였다. 세상이란 게 살면 살수록 삶이란 게 뭔지 모르겠다에 가까워지지 이제야말로 알겠다에 가까워지진 않는다. 적어도 나는 그렇다. 그러니 세상에 던질 말도, 던지고 싶은 말도 없었다. 습관을 잃어버린 데다 쓰고 싶은 문장도 없으니 계약서의 마감일이 다가올수록 스트레스만 커졌다. 하지만 궁하면 통한다고 3년 정도 인스타에 끄적인 글과 예전에 쓴 칼럼들, 미발표된 글들을 모으니 그럭저럭 책 한 권 분량이 나왔다.

'어라. 이거 잘하면 날로 먹을 수 있겠는걸. 편집만 잘하면 몇 자 더 안 적어도 완고를 넘겨줄 수 있겠어. 허 참, 내 인생에도 이런 날이 온단 말인가? 인생을 날로 먹는 게 내 삶의 목표지만 진짜로 일어날 줄은 꿈에도 생각 못했네.'라는 생각에 흐뭇하기까지 했다. '일단 글부터 모으고 챕터를 나누자. 그다음에 흐름을 매끄럽게 고치는 거야. 넉넉잡아 일주일이면 충분하겠군.' 하는 생각으로 퇴근 후 작업을 시작했다. 분량을 뽑고 30페이지쯤 수정하고 있을 때 팀장의 연락이 왔다.

*

"작가님. 마감 때문에 연락드린 게 아니니 부담 갖지 마시고요. 요즘 겨울이라 일하시기 힘드실 텐데 식사나 한번 하시죠."

계약한 지 벌써 5개월, 올해까지가 마감이었다. 하지만 마감 때문이 아니라 그저 식사를 대접한다니, '오 다행이네.' 싶었다. 사람 말을 곧이곧대로 믿는 인간이다.

"글 쓰시는 데 어려움은 없으세요?"

안주를 하나 집는데 팀장이 물었다. 물으면 또 곧이곧대로 대답하는 인간이라 솔직하게 얘기했다.

"좀 있네요."

"어떤 부분이 어려우신가요?"

"날로 안 먹어져요."

"네?"

"날로 안 먹어진다고요."

'회도 아니고 갑자기 뭔 얘기인가?' 하는 팀장의 표정에 부연 설명을 해줘야 했다.

"제가 여기저기 끄적인 글들을 모았더니 책 한 권 분량이 나오더라고요. 그래서 이거 편집만 잘하면 되겠다 싶어 차일피일 미루다 요즘에야 직업을 시작했거든요. 그런데 막상 시작해보니 생각과 많이 다르더라고요. 이렇게 편집하니, 어라? 저렇게 편집하니, 어라? 요렇게 편집하니, 어라? 뭐, 계속 이런 상황인 거예요. 맥락이 다 다르니 편집도 안 되고, 거의 다 버려야 하지 뭡니까? '아, 이번에 내 인생 처음 날로 먹는 기회가 오는구나.' 싶었는데 그냥 첫 문장부터 울면서 쓰게 생겼더라고요. 다 새로 써야 하는 상황이 된 거죠."

'아니, 뭐 이딴 자식이 다 있어!' 싶은 반응이 나와도 이상할 건 없었는데 팀장의 말은 의외였다.

"보내 주신 초고 읽어봤는데 앞부분 열네 장 정도 새로 쓰신 거죠?"

고개를 끄덕였다.

"좋더라고요. 딱 작가님 글 같고요. 그 방향으로 A4 110장 정도 쓰시면 될 것 같습니다."

'What the fuck?'

"전에는 70에서 80장 정도라고 하지 않았나요?"

"완고에서 덜어낼 부분도 고려해야 하니까요."

'What the fuck? 처음부터 새로 쓰고 있는데 분량도 더 쓰라고? 그냥 관둘까?'

"작가님은 집필을 시작하시면 쓰시는 속도가 빠르시니까 걱정은 없습니다."

술이나 마셨다.

'계약금이 얼마였더라? 돌려주고 관둘까?'

"계약서의 마감일은 너무 신경 쓰지 마시고, 먼저 다른 작가분의 책을 내야 하니 편히 쓰시면 됩니다."

'계약금 돌려주고 관두자고 하면 마누라한테 혼나겠지? 돈이 문제가 아니라 사람이 신용이 없다고 엄청 뭐라고 할 텐데.'

"이번에도 느꼈지만 전 작가님의 글이 참 좋더라고요."

'그건 나도 마찬가지다. 그나저나 마누라한테 뭐라고 말하지?'

"그럼 넉넉잡아 내년 3월 정도를 마감으로 볼까요?"

"예. 그 정도면 충분할 것 같습니다."

'아무래도 마누라는 무서운데. 어? 근데 나 방금 마감한다고 대답했나? 젠장. 이놈의 입이 화근이군.'

"그리고 경어체로 쓰셨던데 특별한 이유가 있으신가요?"

"안 그래도 버릇없는데 평서체로 쓰면 너무 드러날 것 같아서요."

팀장이 잠시 생각을 한 후 대답했다.

"작가님, 가려지지도 않고 가릴 수도 없을 것 같습니다. 그냥 평서체로 가시지요."

나 역시 잠시 생각해봤다.

"제가 손바닥으로 하늘을 가리려 했군요. 천지를 모르고 깨춤을 추었고요. 평서체로 가지요."

*

집에 돌아와 아내에게 팀장과의 일을 얘기했다.

"책을 두 권이나 냈으면 프로지. 프로가 완고도 아닌 초고를 넘기는 건 아니지 싶어."

"아니, 난 이렇게 잘 쓰고 있으니 원고 걱정하지 마시라, 뭐 그런 의미였지."

"그 마음은 알겠는데 그래도 그건 아니지. 짜깁기한 원고를 보내는 건 작가로서도 아니고, 상대 직업에 대한 존중도 아니지 않겠어?"

"음. 내가 잘못했네. 그래도 팀장이 마감 신경 쓰지 말고 잘 써달라고 해서 다행이야."

"예의상 하는 말이지 그게 본심은 아니지 않겠어? 자기 출판사인데 더 신경 쓰는 게 당연하지. 원고 열심히 써서 빨리 드려."

"그래도 앞에는 마음에 들어 하던데 말이지."

"처음부터 새로 쓴 거잖아. 자꾸 날로 먹으려 하지 말고 그렇게 계속 써."

"이번에는 될 줄 알았지."

"안 되지. 이제는 알 때도 된 것 같은데?"

"멈추지 않는 도전이야말로 내 삶의 자세지."

"다시 써."

아내가 조용히 말했다. 하지만 밴댕이 소갈머리인 나는 바른 소리에는 뿔을 내는 인간이다. 기어이 한마디 한다.

"옛날에 한석봉이라는 훌륭한 아저씨가 있었단 말이야. 이 아저씨가 황금을 입힌 종이에 글씨를 써달라는 대부호의 청을 받거든. 그런데 성격이 좀 소심했는지 붓을 들고 떨다가 종이에 먹물을 떨어뜨려요. 부호의 얼굴이 사색이 되는데 석봉 아저씨는 일필휘지로 사사삭 글씨를 써서 먹 자국을 다 없애버렸단 말이야."

아내가 한숨을 쉬며 말했다.

"또 자기 자랑이야? 어떻게 지겹지도 않은 거지?"

"설마? 지겨울 때가 없는걸."

"새로 써요."

아내는 말을 마치고는 설거지를 하러 갔다. 하지만 나는 여전히 날로 먹을 방법을 찾고 있었다.

'어쩌면 A4 서너 장은 그래도 건질 수 있을지 몰라. 그만큼 덜 써도 되는 거지. 사사삭, 하고 말이야.'

포기하지 않는 근성이야말로 나의 습성이다. 제 버릇 개 못 주는 건 나의 본성이고. 하지만 의도와는 달리 여태껏 살아온 인생과 마찬가지로 결국 울면서 한 자 한 자 쓰게 된다.

과거의 나는
가장 가까운 타인

아무리 연구해도 방법이 없어 결국 새로 쓰기 시작한 후 A4 30장을 넘기니 탄력이 좀 붙기 시작했다. 물량이 많은 화요일과 수요일은 쉬고 나머지 요일에 퇴근 후 몇 시간씩 썼다. 한 주에 10~15장 정도의 속도니, 1월 말이면 얼추 완성이 될 것 같았다.

그사이 메일이 하나 왔다. 아르헨티나의 출판사로부터였다. 부에노스아이레스를 시작으로 5월 15부터 27일까지 북페어가 진행되는데 참석할 의사가 있는지 물어보는 내용이었다. 왕복 항공권과 강연비를 지불하는 조건이었다. 작년 11월에도 제의가 있었지만 거절했다.

일단 택배 때문에 갈 수가 없었다. 설령 갈 수 있다 하더라도 30시간 가까이 비행기를 타고 싶지도 않았다. 동네 밖을 벗어나는 것도 고민하는 인간에게 그것은 너무 무리였다. 게다가 딱히 할 말도 없었다. 작가는 이미 소설을 썼고 독자는 읽었으면 된 거다. 질문을 한다고 해서 내가 무언가를 설명하거나 덧붙일 얘기도 없었다. 첫 책을 냈을 때 같으면 아직 허영에 들떠 있던 시기여서 용차를 불러 대신 일을 시켜서라도 갔겠지만, 내 마음이 그런 상태니 내키지가 않았다. 더구나 아르헨티나 주재 한국문화원의 지원 사업 일환이었다. 딱히 애국심이 있는 인간은 아니지만 '내가 국고까지 축내면서 아르헨티나까지 갈만한 작가인가?' 싶었다. 정중하게 거절 메일을 보냈다.

*

월말에 전 PD의 연락이 왔다. 간만에 얼굴이나 한번 보자는 전화였다. 이제 만나는 사람이라고는 팀장과 전 PD밖에 없었다. 누군가의 소개로 "소설가입니다." 하는 그런 자리에는 식겁한 탓이다. 후다닥 가면을 써야 하니까. 대단하고 겸손한, 게다가 한 인품까지 해야 되는 그런 작가로 말이다. 그런 가면도 없을뿐더러 뭐라도 써야 되는 자리 자체가 고역이기 때문에 보통 인사만 하고 후다닥 도망쳐버리곤 했다. 동네 아저씨라 부끄러운 게 아니라 동네 아저씨라 실망할 것 같은 상대가 부담스러웠기 때문이다. 남는 건 일 관계의 사람밖에 없었다. 출판사든 영화사든 말이다. 여기야 뭐 발에 치이는 게 작가고, 작가가 딱히 대단한 사람들도 아닌 그냥 글 쓰는 게 직업인 사람들일 뿐이니까. 내가 동네 아저씨든, 동네 정우성이든, "됐고. 원고나 가져와 봐."가 다니까 말이다. 원고 말고 나라는 인간은 안중에도 없으니까. 그러니 간만에 만난 전 PD는 편할 수밖에 없었다. 세 번째 소설에 대한 구상을 조금 말해줬다.

"형님. 멋진데요. 출간하면 바로 시나리오로 작업하지요."

세 번째 던지는 떡밥이었다. '내가 붕어냐? 같은 떡밥을 계속 물게?' 생각했다.

"그렇지? 아이디어 괜찮지?"

똥꼬를 간질이면 바로 반응하는 인간이다. 민감한 똥꼬 같으니. 붕어가 맞았다.

"예. 죽입니다. 이번에는 꼭 함께하시죠."

그날, 또 꽐라가 됐다.

3월 중순에 원고를 마치고 팀장에게 넘겼다. 교정 교열, 표지 디자인 선택 등이 남아있었지만 나는 대개 출판사에 맡기는 쪽이다. 교정쇄가 와도 대충 훑어보고 만다. 맞춤법 이야 원래 자신도 없고, 재미도 없고, 공부도 귀찮아서, 교정된 빨간색 글자가 맞춤법 수정인가 아닌가 정도만 본다. 문장을 바꾼 교열만 조금 신경 쓸 뿐이다. 교정하시는 분이 '아니, 작가가 돼 가지고 왜 이리 오타가 많아? 작가 맞아?' 라고 욕을 해도, 어차피 면전이 아니라 들리지 않으니 상관은 없다. 그렇게 해서 스트레스가 풀린다면 마음껏 하시라는 게 내 생각이다.

어차피 내겐 안 들리니까.

최종고를 보낸 후 후련한 마음에 영화《보헤미안 랩소디》를 다시 보았다. 퀸의 노래보다 프레디 머큐리의 고독감과 외로움이 더 눈에 들어왔다. 히트곡을 내고, 성공한 밴드가 되고, 관객이 가득 찬 공연을 하고, 대중이 열광적으로 환호

해도, 그런 감정들은 사라지지 않는다. 예술이 위로가 될 수 있을지는 몰라도 구원이 될 수는 없다. 구원은 종교의 영역이다.

저 문을 지나면 일체의 번뇌를 끊고 구도에만 정진하는 세계가 나올 것이다. 다시 왔던 길을 돌아가면 세상의 즐거움에 취할 수 있는 마을이 나올 것이다. 하지만 지나가지도 내려가지도 못하는 유형들 중 일부가 예술을 하는 거지 싶다. 문 아래에서 해가 지기를 기다리는 사람들 말이다. 그게 소세키의 말처럼 불행인지는 모르겠다. 아무튼 결국 그 선택을 하는 것이 예술가들이지 싶다. 나 역시 오래도록 서성였던 것 같다.

*

나의 과거를 돌아본다. 추운 겨울의 들판에 벌거벗겨진 채로 가시나무 아래 웅크리고 앉아 있는 소년이 보인다. 두툼한 겨울옷도, 따뜻한 벽돌집도 아닌, 그저 손바닥만 한 모닥불의 온기를 원할 뿐인데도, 풍경에는 황야와 겨울과 찬바람밖에 없다. 작은 달빛을 온기 삼아 겨우 버티고 있을 뿐이다.

그때 누군가, "넌 틀린 게 아니라 남들과 조금 다를 뿐이야."라고 친절하게 말해줬다면, 모닥불의 불길이 피어올라 조금 따뜻한 사람이 되었을지도 모르겠다. 하긴, 내 부모도 그런 말을 해주지 않았는데 하물며 세상 사람들이야. 우스운 건, 그 풍경을 내 삶으로 받아들였을 때, 비로소 모닥불이 피어오르고, 해가 뜨고, 꽃이 피고, 따스한 바람이 불기 시작했다는 거다. 더 이상 누구도 필요로 하지 않기 시작했을 때, 비로소 누군가에게 다가갈 수 있었다. 기대도 필요도 욕망도 없이. 여전히 이불킥에 밤마다 벽 잡고 우는 바보이지만 말이다. 과거의 나는 더 이상 내 자신이 아니라 가장 가까운 타인까지는 된 것 같다. 때때로 그 소년을 만나면 가만히 어깨를 껴안고 말해주곤 한다.

"넌 틀린 게 아니야. 그냥 남들과 조금 다른 아이일 뿐이야. 좀 더 예민해서 남들과 다른 방향을 볼 뿐인 거지. 남들과 다른 방식으로 길을 걷는 거고. 여기까지 오느라 수고했어. 정말이지 수고했어."

다른 이들은 어떤지 모르겠다. 하지만 이런 나라서 작가가 되었다고 생각한다. 이런저런 일이 있었지만 역시, 쓰는 일이 가장 좋은 것이다.

열정이 있을
뿐이야

나는 노력이라는 말을 싫어한다. 억지를 부리는 것 같아서. 맞다. 나태하게 인생을 살아온 인간의 자기변명이고 핑계다. 아무튼 그런 탓에 어찌어찌 대학을 가고 또 어찌어찌 대학원도 갔지만 공부는 못했다. 고등학교 다닐 때 줄곧 든 생각은, '내가 왜 도시락을 두 개나 싸서 학교를 다녀야 하나?'였고 수업 시간에는 종일 창가를 바라보며 공상에만 잠겨 있었다. 야자 시간에는 서양 고전소설들만 줄곧 읽었고. 대학에서는 토목환경공학을 전공했는데 태도는 마찬가지였다. '저놈의 다리가 하중 때문에 무너지든 말든 그게 나하고 무슨 상관인가?'라는 생각만으로 대학 4년을 보냈으니까.

대개의 시간은 도서관에서 책을 읽으며 지냈고, 강의 시간에는 역시 소설책을 몰래 읽었으며, 저녁에는 술만 마셨다. 대학원을 간 것은 취직도 힘들 것 같았고 마침 지도교수가 TO도 있으니 오라고 해서 도피성으로 간 것일 뿐이었다. 대기오염이 전공이었는데 실험실에서 늘 하던 생각은 '저놈의 대기가 좋든 나쁘든 나와 무슨 상관이란 말인가?'였다. 노력은 싫은데 그 상황에서 도망갈 용기도 없으면, 인간이란 그저 코너로 몰릴 때까지 뒷걸음질만 치게 되는 것이다.

노력이 싫었던 이유는 여러 가지일 거다. 내가 원치 않는 공부, 원치 않는 학문(나는 철학이나 문학을 전공하고 싶었지만 뭐, 집에서 그 과로 가라니 갔다), 무엇보다 경쟁이 싫었던 것 같다. 원하지 않는데 남과 보조를 맞추려면 혹은 추월하려면 억지를 부려야 한다. 일어나고 싶지 않은데 새벽에 일어나야 하고, 공부나 운동을 하고 싶지 않은데 종일 해야 하고, 딱히 목적도 없는데 사회나 가족이 세워둔 목표를 위해 나머지 시간까지 희생해야 한다. 회사나 사회생활도 마찬가지겠지.

물론 세상에는 그런 일을 잘 해내는 사람들이 꽤 있다. 고난과 역경을 뚫는 것이 노력이라고, 그 정도의 노력 없이는 성공할 수 없다고 믿는 사람들 말이다. 대단한 사람들이다.

하기 싫은 것을 매일, 매 순간 의지로 극복하며 땀과 피를 흘릴 수 있다는 것은 보통의 인간은 할 수 없는 일이니까. 하지만 이런 유형의 사람들이 적성에 맞아서 혹은 맞지 않아도 할 수 있는 건 최소한 성공에 대한 욕망이 있기 때문이다. 삶의 동력이 욕망의 충족인 거다. 나쁘다는 게 아니라 거기에서 삶의 만족을 느낄 수 있기 때문일 거다. 하지만 세상에는 그런 욕망이 없거나 현저히 적은 사람들도 분명 많지 않을까? 그러니까 나 같은 성질 나쁜 토끼 말이다.

인간이 자유를 원하는 이유는 두 가지일 거다. 하고 싶지 않은 일을 하지 않을 자유, 하고 싶은 일만 할 자유. 둘 다 자본에서 자유로워야 한다. 돈이 전부는 아니겠지만 아주 수월할 거다. 재테크, 성공, 처세술 기타 등등의 책이 넘치는 이유겠지. 하지만 반드시 그렇지만은 않다는 것이 인생의 묘미 같다.

도대체 인간에게는 얼마의 돈이 필요할까? 1억? 10억? 100억? 돈만 벌리면 인간은 행복할까? 시간과 노력이 걸리는 건 두 번째 문제고, 삶은 한 번뿐이라는 게 나 같은 인간에게는 더 큰 문제인 것 같다. 그런 성공도 어렵지만 그 정도의 돈을 벌려면 이미 삶과 시간을 거의 다 쓴 후일 테니까.

중국 부동산 재벌의 인터뷰를 본 적이 있다. 처음 10억을 벌었을 때는 한 달이, 100억을 벌었을 때는 하루가 즐거웠지만, 더 많은 돈을 벌었을 때는 그냥 숫자라고 느껴졌다고.

하고 싶지 않은 일을 하지 않거나, 하고 싶은 일만 하는 것은 쉬운 일이 아니다. 부자가 아닌 이상 가난과 빈곤을 감내해야 하니까. 부자가 되기 위해 지금을 희생하느냐, 가난과 빈곤을 감내하고 되도록 하고 싶은 일을 하느냐는 개인의 선택이다.

나는 돈에 대해 간단한 생각을 가지고 있다.

'돈을 사랑하는 건 천박한 거고, 돈을 무시하는 건 오만한 거다.'

내 경우는 빈곤까지는 견딜 역량이 안 되고 가난까지는 어찌어찌 살아지는 것 같다. 작가이긴 하지만 전업은 아니고 생계를 위해 택배를 하니 하고 싶은 일만 하는 것은 아니지만, 어느 정도 원하는 일을 하고 있으니 크게 불만은 없다.

앞서도 말했지만 나는 노력이란 말을 싫어한다. 삶의 멱살을 부여잡고 돈을 내놓으라고 억지를 부리는 것 같아서. 지금도 마찬가지다. 대신 대가는 치러야겠지. 실패, 낙오. 상실, 상처, 좌절, 고통 같은 것들 말이다.

과거의 나 역시 그런 것들 때문에 좀 고단했던 것 같다. 지금은 그저 남들은 잘 보지 않는 삶의 다른 풍경을 보았을 뿐이라고 생각하지만 말이다. 다만 그런 탓에, 억지로 뭔가를 짜내 노력해야 하는 매일을 살지 않게 된 것 같긴 하다. 자신에게 맞지 않는 일은 되도록 빨리 도망치는 게 최선인데 어쩌다 보니 내 경우는 늦게나마 운이 좀 있었던 것 같기도 하고. 감옥이 무너져서 탈출했다는 것이 아쉬울 뿐이다.

하지만 어디까지나 맞지 않는 일의 경우이고, 자기가 좋아하는 일이라면 노력의 의미가 내게도 많이 달라진다. 오십이 넘어서야 조금 다른 생각을 하게 된 거다.

*

나의 독서는 중학교 1학년 때 시작됐다. 어머니에게 세계문학전집 60권을 선물받으면서부터다. 삼성출판사에서 나온 것이었는데 어른용이었고 러시아와 영미의 고전소설이 주였다. 그때부터 줄곧 읽었다. 정말이지 쉬지 않고 읽었다. 힘든 일이 있어서 읽고, 즐거운 일이 있어서 읽고, 별일 없어서 읽고, 별일 있어서 읽고, 아무튼 독서가 나의 생활이었다. 40년 가까이 쉬지 않고 읽었다. 종류는 가리지 않았다. 읽을게 없으면 메뉴판도 정독했다. 활자중독증에 가까웠다고 생각한다.

등단하고 첫 책을 내기까지 10년의 공백이 있는데 그 기간 동안 열 권 분량의 장편을 썼다. 택배는 힘들었지만 생각만큼은 원 없이 할 수 있었다. 다작, 다독, 다상량. 이렇게 한다고 반드시 작가가 되는 것은 아니지만, 작가 중에 이러지 않은 사람은 없다고 생각한다.

물론 나는 처음 쓴 단편으로 등단을 하고, 처음 쓴 장편으로 최종심까지 갔으니 나름 재능이 있다고 생각했지만 지금 와서 보면 착각도 그런 착각이 없다. 냉정히 분석해보면 나는 등단을 하는 데 거의 20년의 시간이 걸렸고, 책 한 권을 내는 데는 30년의 시간이 걸린 거다.

어느 날 내 어깨 위로 천사가 내려와(그렇다. 또 천사다), "너는 나중에 작가가 될 건데, 한 해 백 권 이상의 책을 읽고, 그걸 20년쯤 하며, 네 주위의 일들을 집중해서 보고 분석하고, 그걸 또 20년쯤 하며, 출간은 되지 않지만 장편소설 열 권 정도의 분량을 쓴 후라는 것만 알아두면 돼."라고 했다면 "그 입 닥치시오."라며 진즉에 때려치웠을 거다. 노력이란 말이 싫다, 어떻다, 라고 앞에서 말했지만, 자기가 좋아하는 일이라면 이 정도라도 해야 들보잡이라도 된다는 사실을 요즘에야 인정하게 됐다.

*

영화 《모던 타임스》에서 자살을 기도했다가 살아남은 여인 테리가 인생의 의미를 모르겠다고 하자 칼베로 역의 채플린이 이렇게 말한다.

"인생에 의미 따위는 없어. 열정이 있을 뿐이야."

아니다. 있다. 순서가 틀렸을 뿐이다. 의미가 있어 열정에 다다르는 게 아니라 열정의 끝에 의미가 있을 뿐이다. 난 항상 의미의 뒤에 숨어 삶을 도피해왔다. 마주하고 노력하고 피를 흘릴 자신이 없어서. 의미를 찾으면 그런 고통 없이 살아질 거라고 생각했다.

*

왜 도시락을 두 개나 싸다녀야 하나? 저 다리가 무너지든 말든, 이라며 산 이유를 이제는 안다. 삶을 살지 않고 의미로 도피했기 때문이다. 의미만 찾으면 흔들림 없이 한 곳을 향해 열심히 노력할 수 있을 것 같았기 때문이었다. 노력의 고통 없이 말이다. 결국 순수하게 의미를 찾은 게 아니라 삶을 날로 먹고 싶었을 뿐이었던 거다. 우연히 내가 좋아하는 일이 있어 운 좋게 노력이라고 느끼지 못한 노력을 한 시간이 있었을 뿐이다. 이런 걸 행운이라고 한다.

원래 삶의 의미란 게 없다. 우리는 그저 삶에 던져졌을 뿐이다. 어디서 왔는지 어디로 가는지 아무도 모른다. 그러니 삶의 의미를 묻는 건 질문이 잘못된 거다. 알 수 없는 것이기 때문이다. 이제야 채플린의 말이 맞는 것을 느낀다.

인생은 선택할 수 없다. 인간은 매일 매 순간 주어진 삶을 살아낼 수 있을 뿐이다. 오직 해석이 있을 뿐이다. 나태로 삶을 사느냐, 열정으로 사느냐. 다만 삶을 해석하는 방식이 달라질 것이다. 해석의 뒤에 자기만의 삶의 의미가 따라올 것이다.

*

밤이다. 태평양의 심연에 놓여 있던 키보드를 건지고, 안데스산맥의 어디쯤에 놓여 있던 책상을 가져와 앉았다. 앞으로도 수없이 이 산을 내려갈 게 분명하다. 하지만 앉았다. 이게 노력인지는 모르겠다. 하지만 쓴다. 세 번째 소설의 첫 문장을 쓰기 시작한다.

먼 후일, 생의 마지막에 다다랐을 때, 마흐무드가 가장 먼저 떠올린 것은 파티마나 자신이 죽인 사람들의 얼굴이 아닌 할아버지의 굽은 등이 보이는 뒷모습이었다. 유난히 길었던 겨울이 지나고 막 봄이 찾아온 들판에서 할아버지가 양을 잡고 있는 모습으로, 불어오는 바람에는 작으나마 온기가 섞여 있었고, 해는 아직 아침 하늘에 걸린 채였다. 낡은 천 위에 다리를 묶은 양을 눕히고 한순간에 숨을 끊은 할아버지는 가죽을 벗기고 고기를 부위별로 해체했다. 간혹 마흐무드에게 칼을 쥐게 하곤 방법을 설명해주었는데, 그의 서툰 칼솜씨에 할아버지는 이제는 몇 남지 않은 치아를 드러내며 웃고는 다시 마흐무드의 손에서 칼을 가져왔다. 얼굴에는 햇살이 비추고 있어 주름이 더 짙어 보였지만 웃는 모습은 더 밝아 보였다.

"나도 젊어서는 세상에 나가 뭔가를 구해보려 했단다. 하지만 여기에 없는 건 거기에도 없더구나."

할아버지는 잠시 손을 멈추고 먼 하늘을 보며 혼잣말처럼 읊조렸다. 당시 일곱 살의 마흐무드는 그 말을 이해할 수는 없었지만 어쩐지 자신에게 하는 얘기는 아닌 것 같았다. 하지만 할아버지의 말만큼은 이상하리만치 오래

도록 기억에 남았는데 그 뜻을 이해하게 된 것 역시 아
주 먼 후일의 일이었다.

이렇게
소설은 시작된다.
그리고 또
이렇게,
삶은 지속된다.

김민호 씨의 이야기

스물아홉입니다. 스물넷에 시작했으니 5년 됐어요.

아뇨. 여기는 젊은 사람들도 꽤 있어요. 벌이가 괜찮으니까요. 전에는 조선소에 있었는데 거기서는 야간에 주말 특근까지 해도 여기 벌이만큼 안 돼요. 강도는 조선소가 훨씬 셌죠. 다른 사람들은 택배가 힘들다고 하는데 다른 일에 비하면 그렇게 센 건 아닌 것 같아요. 그래도 오랜 시간 일해야 하니까 그건 저도 힘들어요.

친구들과 놀 수 있는 시간이 없는 게 가장 힘들어요. 그 친구들은 퇴근하면 모여서 술도 한잔하고 그러는데 전 안되죠. 다음 날 일도 있고 새벽에 음주 단속도 위험하고요. 본사에서 석 달에 한 번 운전 경력 증명을 제출하게 하는데 간

239

혹 음주로 걸려서 퇴사하는 사람도 있어요. 마시려면 토요일 하루밖에 없어요. 친구들과도 그날 주로 모여서 놀고요.

모은 돈은 없어요. 이상하게 그렇더라고요. 분명 친구들보다 많이 버는데 안 모여요. 빌려도 주고 술도 내가 사서 그런가? 제가 노는 걸 좋아해요. 겨울에는 스키도 타고 여름에는 윈드서핑도 하고요. 월요일 물량이 적잖아요? 까데기를 형님들한테 부탁하고 토요일 저녁부터 월요일 오전까지 놀다 오죠. 형님들이야 가정이 있어서 그렇겠지만 저는 아직 총각이고 젊으니까.

아뇨. 다른 동들을 보면 모여서 밥도 같이 먹고 얘기들도 하고 그러는데 여기는 좀 달라요. 다 따로국밥이에요. 별로 얘기를 나누지도 않고요. 상관없죠, 뭐. 친구 사귀자고 택배하는 것도 아니고 연배 차이도 많고.

없어요, 그런 건. 조선소에서는 반장부터 선임까지 하대도 많이 하고 상사라고 갑질도 했는데, 여기 형님들은 아예 남에게 관심이 없어요. 하려고 해도 할 수도 없잖아요. 자기 택배 자기가 돌리고 집에 가는 거니까. 자기 팔 자기가 흔드는 일이고. 직장 스트레스는 없어요.

그래도 다른 팀은 월요일 같은 경우 서로 돌아가며 쉬면서 다른 구역을 대신 쳐주기도 하는데 여긴 그런 게 없죠. 작년 겨울에 스키장 간다고 토요일 좀 대신 쳐달라고 했는데 아무도 안 해주더라고요.

민폐요? 아니, 형님들도 그렇게 부탁하면 되잖아요? 서로 돌아가면서 치면 되는 거지.

그런 말 많이 들어요. 하지만 그게 어린 건가요? 내가 보기엔 형님들이 요령이 좀 없는 것 같은데요? 아, 그러고 보니 작년 여름에 종수 형 장모님이 돌아가셨거든요. 그런데 저 형은 상중일 때도 저희에게 부탁을 안 했어요. 배송 다 하고 밤에 장례식장에 앉아 있다가 다음 날 다시 출근해서 배송 다 하고 장례식장 가고. 장례식이면 지점에서도 다른 기사들에게 구역을 나눠 줘서 상을 치르게 해주거든요. 그런데 종수 형은 그것도 부탁 안 하더라고요. 독한 건지 막힌 건지 모르겠어요.

요령 좀 있는 사람이면 3개월이면 어지간히 돌려요. 저도 처음에는 저 많은 물건을 어떻게 돌리나, 택배를 어떻게 하나 했는데 막상 해보니 생각보다 어렵지는 않았어요. 그리고 여긴 무거운 물건이 많이 없어요. H나 L사는 농산물, 생수, 가구, 뭐 무거운 게 많거든요. 단가야 우리보다 낫죠. 대신 물건 200개나 250개 실으면 차가 꽉 차요. 회사가 머리에 총 맞은 것도 아니고 결국 일하는 시간으로 비교해보면 수입은 비슷해요. 아니, 여기가 좀 나은 것 같아요. 구역이 좁거든요. 붙어 있는 골목 일고여덟 개를 종일 치는 거니까. 다른 회사가 한 개 들고 건물을 올라가면 여기서는 5개, 10개를 들고 올라가요. 다른 회사는 오전 열한 시나 늦어도 열두 시에는 배송을 시작하는데 여기는 보통 오후 두세 시예요. 그래도 한 번에 많이 들고 올라가니까 마치는 시간은 비슷하죠. 쑥쑥 빠진다고 하는데 여긴 정말 그래요. 꽉 차 있어도 골목 하나 끝나면 쑥쑥 빠지죠. 물건도 가벼운 게 많아서 힘도 덜 들고. 그래서 여기 있는 사람들은 다른 데로 잘 안 옮겨요. 나이 드신 분들도 많은데 익숙해지면 크게 힘들지 않거든요.

무시야 흔하죠. 그건 괜찮아요. 일하다 보면 다 익숙해져요. 한 구역을 오래 하면 할수록 집마다 상황 파악이 다 되거든요. 사람들도 어지간히는 알게 되고. 얼굴 붉힐 일이 거의 없어요. 전화 받는 일도 거의 없고요. 이 집은 경비실, 이 집은 문 앞, 어떤 회사는 다섯 시 전에, 어떤 회사는 밤늦게 문 앞에 둬도 상관없고, 이 건물 지층 3호는 오른쪽으로 건물을 돌아가야 있고, 이 건물은 주차장으로 가서 엘리베이터를 타는 게 빠르고, 그런 걸 다 알고 있으니까.

종수 형이 제일 잘하는 것 같아요. 저 형은 까데기하면서 짐도 바로 짜요. 보통 이리저리 짐을 놓고 옮기고 하는데 저 형은 차 안에 던져놓고 한 번에 탁, 탁, 탁, 짜버리더라고요. 진짜 베테랑이에요. 배송 속도도 시간당 타수가 65~70개 정도 나와요. 이 정도면 톱클래스 수준이거든요. 보통 시간당 60개라고 해도 탑차에서 건물마다 들어갈 짐을 분류해서 올라가고 내려오고 이동하는 시간을 빼면 실제 배송하는 시간은 20분 내외일 거예요. 그 시간에 그 정도를 배송하니까 엄청 빠른 거죠. 남들보다 퇴근 시간이 1시간 이상 빠를걸요.

저는 젊어서 빠른 거 같긴 한데 그래도 종수 형한테는 안 돼요. 이 일도 그냥 타고나는 사람이 있는 것 같아요. 들어온 지 일주일도 안 됐는데 다른 기사들만큼 치는 사람들도 있고요.

다른 건 없는데 진상이 힘들어요. 에휴, 말하자면 끝도 없죠. 택배입니다, 하고 문을 노크했더니 왜 낮잠 자는데 문 두드리느냐고 뺨을 맞은 적도 있고, 집에 없으니 담 너머 던져놓으라고 해서 던져놓았더니 화장품인데 왜 던졌느냐고 물어내라는 사람도 있고, 택배에 현금을 넣어 보냈다가 물건이 분실됐는데 거기 100만 원 넣어 같이 보냈으니 달라는 사람도 있고. 아뇨. 택배는 현금을 동봉하지 못하게 되어 있어요. 분실되든 어떻든 그건 배송 약관에 보상이 안 돼요. 하지만 고객들이 그걸 아나요? 그냥 클레임부터 걸죠.

콜센터 직원들이 저희보다 훨씬 더 감정노동이 심할걸요? 고객들 지랄하지 택배기사들 지랄하지. 기사가 받는 정신적 스트레스는 그에 비하면 새 발의 피일 거예요.

체감 강도요? 피부로 느끼는 거? 그거야 우리도 만만치 않겠죠. 우린 노동을 하면서 전화 받잖아요. 계단 오르내리면서 이미 숨이 턱턱 막힌단 말이에요. 그때 화부터 내는 전화를 받으면 아이 씨, 관둬버릴까 보다 생각하죠.

형님들은 다른 것 같아요. 사회 경험이 다들 많아서 그런

지 택배기사에 만족하는 것 같더라고요. 저야 뭐 다른 괜찮은 일 있으면 당장 때려치우고 싶죠. 진상 만나면 기분 더럽고, 내 시간 없고, 계단 오르내리는 것도 힘들고. 택배의 어려움 중에 80퍼센트는 계단이에요. 이게 제일 힘들어요. 좋은 구역이요? 아파트죠. 그것도 한 통로에 엘리베이터 두 대 있는 아파트. 평지에다 수레에 실어서 엘베 하나 잡고 문 열리면 문 앞에 택배 밀면 되니까요. 힘도 덜 들고 빨리 끝나고. 그런데 그런 노른자는 이미 다른 사람들이 다 차고 있어요. 아파트는 부부가 하는 경우가 많은데, 여자들도 할 만하거든요. 한 달에 1만 박스를 치는 노부부가 있는데 수입만 1,000만 원이에요. 할 만하잖아요. 남편이 싣고 가면 오후에 부인이 수레 끌고 나눠서 치고. 요즘 부부 기사들이 많아요. 물량을 더 받아서 나눠 치는 거죠. 어지간한 맞벌이 부부보다 훨씬 수입이 좋을걸요. 여자는 애 어린이집이나 학교 보내고 나왔다가 애가 올 때쯤 집에 먼저 들어가고.

사귀는 여자 친구가 있긴 한데 아직 결혼 생각은 없어요. 모아놓은 돈도 없고. 친구들과 노는 게 더 좋고요.

글쎄요. 언제까지 할지는 저도 모르겠어요. 수입은 좀 되는데 워낙 내 시간이 없어서. 돈 좀 모으면 아무 가게나 하나 차리고 싶어요. 장사도 힘들다고요? 에이, 택배만큼 힘들겠어요? 그래도 가게는 사장이니까 그것도 괜찮은 것 같고.

토요일이잖아요. 오늘은 친구들과 약속. 빨리 치고 영등포역 쪽으로 한잔 마시러 갈 거예요. 혹시 작가님도? 그래요? 그럼 다음에 기회 되면 한잔해요. 이제 이거 하나만 주면 끝이에요. 갔다 올게요. 신림역까지는 제가 태워드릴 테니 잠깐만 기다리세요.

※ 이 글은 2021년 계간 《에픽》#05에 수록되었던 논픽션을 수정 보완한 것이다.

에필로그

서른 중반의 어느 날이었을 거다. 어느 선배와 대화를 하다 내가 그랬다.

"상처가 많아서요."

어느 맥락에서 그 대답이 나왔는지는 정확히 기억나지 않는다. 하지만 그때, 두 살 많은 선배가 나를 같잖다는 듯이 보며 한 말은 분명하게 기억한다.

"네가 얼마나 살았다고 상처 운운이냐?"

상처라는 게 뭘까? 마음의 외상이다. 심하게 다치는 것. 객관적인 크기 같은 건 없다. 당사자만 알 뿐이다. 낫는 시간도 속도도 사람마다 다르고, 어떤 이들은 낫지 못하기도 한다. 하지만 인간이란 자신의 상처가 가장 중요한 법이다. 지구 반대편에 전쟁이 나고 있어도 자신의 발에 난 티눈이 더 신경 쓰이는 게 인간이다. 그게 상처라면 말할 것도 없다. 자기 고민이 세상의 전부이며 자신의 상처가 세상에서 제일 무거운 것이다. 인간이란 그렇게 생겨먹은 존재라고 생각한다.

30년쯤 전에 어떤 다큐를 본 적이 있다. 기계 쥐와 생쥐를 미로에 넣고 어떻게 길을 찾는지 알아보는 연구였다. 기계 쥐는 프로그램이 되어 있어 일정 속도로 정확한 길을 가게 되어 있고 한 치의 오차도 없이 출구를 찾아간다. 반면 생쥐는 미로에서 이리저리 헤매기만 한다. 당연히 기계 쥐의 승리가 점쳐지는데, 기계 쥐가 출구에 가까이 갈 무렵 놀라운 일이 벌어진다. 생쥐가 한순간에 이제야 답을 알았다는 듯 갑자기 미로를 헤치고 출구로 쌩하니 빠져나오는 거다.

상처라는 게 무엇일까? 미로에서 길을 잃고 헤매는 것일 테다. 하지만 그렇게 길을 잃고 헤매지 않았다면 생쥐가 출구를 찾아 빠져나올 수 있었을까? 물론 기계 쥐처럼 사는 사람도 분명 있다. 적어도 겉으로 보기에는 아무 실수도 없이 무난하게 인생길을 헤쳐 나가는 사람들, 그러니까 이런 에세이는 전혀 쓸모가 없는, 설령 읽는다 하더라도 한 문장도 와닿지 않을 사람들 말이다. 뭐, 부럽긴 하다. 나도 그런 인생을 살았다면 좋았을 텐데, 싶어서. 하지만 대개 그러지 못한다. 그래서 우리는 스스로를 보통 사람이라고 부르고, 길을 잃고 헤매다 실수를 반복하며 상처를 입고 아파하는 것이다.

나는 고만고만한 인생을 고만고만하게 살아온 사람이다. 해서 거창한 주제나 전문적인 지식을 쓸 수는 없다. 딱히 삶에 대한 심오한 깨달음이나 성찰도 없다. 고만고만한 삶을 고만고만하게 바라보며 겨우 배운 몇 가지가 있을 뿐이다.

다만, 내 경우는 위대한 철학자들이나 권위 있는 전문가들이 쓴 책들이 잘 맞지는 않았다. 뭐랄까? 술 담배로 찌든 배불뚝이 중년 남자에게는,

"이봐, 내 말만 들으면 내일 마라톤을 완주할 수 있어. 형님 말 한번 믿어봐." 같이 들렸으니까. 산보도 힘든 인간에게 마라톤이라니? 저질 체력에 머리까지 나빠서 대책 없는 삶만 살았던 것 같다.

하지만 고만고만한 인생에는 거창한 무엇이 아니라 고만

고만한 잔머리가 우선 필요한 것이 아닌가 싶다. 일단 닥친 위기부터 모면해야 철학자든 전문가의 말이든 입 닥치고 들을 준비가 될 것 같으니까. 그런 잔머리라면 조금 배운 게 있는 것 같다. 사오십 대에 이르러서야 알았다는 게 문제라면 문제겠지만. 십 대나 이십 대라면 좋았을 텐데 말이다. 그때, 사회로부터 엉덩이와 정강이를 얼마나 걷어차였는지 이제는 이게 멍인지 불치병인지 구분이 안 될 정도다.

선배는 그 후로 본 적이 없다. 누구나 그런 사람들을 때때로 만난다. 상대의 감정을 무시하는 사람들 말이다. 이런 때는 도망치는 게 최고다. 인간관계는 맺는 것만큼 버리는 게 중요하니까. 화장실에 앉아서 깨끗한 공기를 바란다면 화장실이 문제가 아니라 거기 앉아 있는 사람이 문제인 거다. 맞다. 이런 게 내가 사회에서 배운 잔머리다. 버리는 요령도 꽤 많이 터득하고 있다. 하지만 만드는 요령 같은 건 없으니 필요하다면 다른 책을 찾아서 읽으면 될 것 같다.

탈고를 하면 지인 몇에게 준다. 코멘트를 받기 위해서다. 한의사 선배도 그중 한 명이다.

"잘 읽히고 재밌는데 주제가 뭐냐?"고 물었다.

"없습니다. 그런 거."

"그래? 보통 에세이는 주제가 있지 않나?"

"그런가요? 아무튼 저는 없습니다. 그래도 굳이 찾자면, 살아가는 것만으로도 인간이 가져야 할 품위는 이미 가지고 있는 거다, 뭐 그 정도 되겠네요."

"삶의 철학이나 태도, 이런 성찰 같은 게 있어야 하지 않나?"

"그런 건 다른 작가분들이 제 몫까지 써주면 좋겠군요. 저는 고만고만한 인생을 고만고만 하게 살아온 사람입니다. 그런 게 있을 리가 없지요. 다만, 살아간다는 것만으로도 인간은 자신을 좀 더 믿어도 된다고 생각해요. 원래 세상은 가혹한 거지만 요즘은 자신까지 자신에게 가혹하지 못해 안달인 것 같아요. 남이야 그렇다 치지만 굳이 자신이 자신에게까지 그럴 필요는 없지 않나 싶어요."

"그게 주제야?"

"그런 거 없다니까요. 형이 물으니 굳이 찾아보는 거죠."

서머싯 몸의 소설 『면도날』은 이렇게 시작한다.

"지금껏 이렇게 염려스러운 마음으로 소설을 시작해본 적이 없다. 내가 이 글을 소설이라고 부른다면 그것은 단지 마땅히 붙일 다른 이름이 떠오르지 않기 때문이다."

마찬가지다. 지금껏 이렇게 잔머리만 쓰는 에세이를 써 본 적이 없다. 내가 이 글을 에세이라고 부른다면 그것은 단지 마땅히 붙일 다른 이름이 떠오르지 않기 때문이다. 성공이나 부, 자기계발에 대한 내용은 눈을 씻고 봐도 없을 거다. 머리가 나빠서 쓸데없이 상처만 받은 덜 자란 어른에 관한 내용만이 있을 뿐이니까.

다만 '이렇게 살면 안 된다.'까지는 아니겠지만 '내가 이 작자 정도는 아니잖아?'라는 위로는 있을지 모르겠다.

어머니 그리고 아버지께

문밖의 사람

어느 소설가의 택배일지

초판 1쇄 인쇄 2023년 7월 13일
초판 1쇄 발행 2023년 7월 21일

지은이 정혁용
펴낸이 신의연
책임편집 이호빈
펴낸곳 마이디어북스
등록 2022년 4월 25일(제2022-000058호)
전화 070-8064-6056
팩스 031-8056-9406
전자우편 mydearbooks@naver.com
인스타그램 @mydear___b

ISBN 979-11-980240-3-9 (03810)

이 도서는 한국출판문화산업진흥원의 '2023년 우수출판콘텐츠 제작 지원' 사업 선정작입니다.